COLLECTION FOLIO

Jacques Prévert

La pluie
et le beau temps

CONFESSION PUBLIQUE

(Loto critique)

Nous avons tout mélangé
c'est un fait
Nous avons profité du jour de la Pentecôte pour accro-
cher les œufs de Pâques de la Saint-Barthélemy
dans l'arbre de Noël du Quatorze Juillet
Cela a fait mauvais effet
Les œufs étaient trop rouges
La colombe s'est sauvée
Nous avons tout mélangé
c'est un fait
Les jours avec les années les désirs avec les regrets et
le lait avec le café
Dans le mois de Marie paraît-il le plus beau nous avons
placé le Vendredi treize et le Grand Dimanche des
Chameaux le jour de la mort de Louis XVI l'Année
terrible l'Heure du berger et cinq minutes d'arrêt
buffet.
Et nous avons ajouté sans rime ni raison sans ruines
ni maisons sans usines et sans prisons la grande

semaine des quarante heures et celle des quatre
jeudis
Et une minute de vacarme
s'il vous plaît
Une minute de cris de joie de chansons de rires et de
bruits et de longues nuits pour dormir en hiver
avec des heures supplémentaires pour rêver qu'on
est en été et de longs jours pour faire l'amour et des
rivières pour nous baigner de grands soleils pour
nous sécher
Nous avons perdu notre temps
c'est un fait
mais c'était un si mauvais temps
Nous avons avancé la pendule
nous avons arraché les feuilles mortes du calendrier
Mais nous n'avons pas sonné aux portes
c'est un fait
Nous avons seulement glissé sur la rampe de l'escalier
Nous avons parlé de jardins suspendus
vous en étiez déjà aux forteresses volantes
et vous allez plus vite pour raser une ville que le petit
barbier pour raser son village un dimanche matin
Ruines en vingt-quatre heures
le teinturier lui-même en meurt
Comment voulez-vous qu'on prenne le deuil.

Août 1940, Jurançon.

LA FONTAINE DES INNOCENTS

Couché sur une bouche de chaleur
au coin de l'avenue Victoria et de la rue des Lavan-
      dières-Sainte-Opportune
un roi fainéant du pavé
se redresse titubant
plein à craquer
et hurle à la lune

Oui j'ai une jambe de verre
et j'ai un œil de bois
et pourtant quinze femmes font le tapin pour moi
Comme les doigts du pianiste sur l'ivoire du piano
comme les petites baguettes sur l'âne du tambour
elles tricotent des gambettes boulevard de Strasbourg
et dévêtues de noir
ne riant pas souvent
elles sont matin et soir
offertes à tous vents
Elles couchent avec la misère
elles font des passes de balayeur

elles pagent debout à l'instant même avec les dépréciés
    les mutilés les économiquement faibles les sous-
    alimentés
Un signe et le livreur descend de sa voiture
et le très triste amour est fait à toute allure
contre la roue de secours
Et quand il a vendu sa douzaine de crayons
le marchand de crayons ne dit pas non plus non
et l'homme-orchestre au visage brûlé n'enlève pas sa
    musique pour se faire caresser

Oui
quinze femmes je vous le dis comme c'est
m'attendent chaque nuit à la Fontaine des Innocents
j'ai qu'à tendre les mains comme un panier d'osier
l'osier attire l'osier
elles mettent l'osier dedans

Oh je vous vois venir bonnes et braves gens
Il ne doit rien se refuser
cet homme avec tout cet argent
Si ça vous intéresse ce que je fais du fric je le mets dans
    mon froc et j'attends l'heure
l'heure du marché aux fleurs
et quand c'est l'heure
j'achète des fleurs des tapées de fleurs
et je prends le train à la gare de l'Est
Oh vous ne savez pas ce que c'est à Paris que la gare de
    l'Est
ou vous ne devez plus le savoir

Et mes quinze femmes m'accompagnent à la gare
et les larmes aux yeux font trembler le mouchoir
et le train démarre et m'emporte avec les autres voya-
     geurs
oui le train démarre et m'emporte avec les fleurs
et ces fleurs moi je les apporte
à cette crispante harpie
qui crie sur le quai d'une gare
son affreux cri

Dragées de Verdun
Madeleines
Madeleines de Commercy

Oui je lui apporte ces fleurs-là en plein air
comme à une morte sous terre
pour qu'elle se taise
oui
qu'elle cesse un instant son cri
Marie-Madeleine de Commercy
son affreux cri de guerre
qui porte la poisse au permissionnaire qui s'en
     retourne à la tuerie.

TOUT S'EN ALLAIT...

Il y avait de faibles femmes
et puis des femmes faciles
et des femmes fatales
qui pleuraient hurlaient sanglotaient
devant des hommes de paille
qui flambaient
Des enfants perdus couraient dans des ruines de rues
    tout blêmes de savoir qu'ils ne se retrouveraient
    jamais plus
Et des chefs de famille
qui ne reconnaissaient plus le plancher du plafond
voletaient d'un étage à l'autre
dans une pluie de paillassons de suspensions de
    petites cuillers et de plumes d'édredon
Tout s'en allait
La ville s'écroulait
grouillait
s'émiettait
en tournant sur elle-même

sans même avoir l'air de bouger
Des cochons noirs aveuglés
dans la soudaine obscurité
d'une porcherie modèle désaffectée
galopaient
La ville s'en allait
suant sang et eau
gaz éclaté
Ceux qui n'avaient rêvé que plaies et bosses
se réveillaient
décapités
ayant perdu peignes et brosses
et autres petites mondanités
Une noce toute noire morte sur pied
depuis le garçon d'honneur jusqu'aux mariés
gardait un équilibre de cendre figée
devant un photographe
torréfié terrifié
Nouvelles ruines toutes neuves
hommage de guerre
jeux de reconstruction
profits et pertes
bois et charbons
Sur le dernier carré d'une maison ouvrière
une omelette abandonnée
pendait comme un vieux linge
sur une verrière brisée
et dans les miettes d'un vieux lit calciné mêlées à la
    sciure grise d'un buffet volatilisé
la viande humaine faisait corps-grillé avec la viande à
    manger

Dans les coulisses du progrès
des hommes intègres poursuivaient intégralement la
désintégration progressive de la matière vivante
désemparée.

DEHORS

Un enfant marche en rêvant son rêve le poursuit en
    souriant
Pas un rêve de plus tard quand je serai grand
non
un rêve de tout de suite marrant proche et vivant
Et l'enfant glisse et tombe et son rêve se brise et l'enfant
    s'éloigne en boitant laissant sur le trottoir une
    petite flaque de sang
Arrive alors le vieux colonial que tout le monde encore
    appelle le Commandant
Figé devant la flaque il vitupère ostensiblement
O sang
sang d'enfant
sang perdu
et inutilement répandu
tu ne devrais couler qu'à ton heure
et pour le salut de l'Empire
Mais son sang à lui se fâche
son sang aigri
délavé desséché blanchi sous le harnais

Et
passant réglementairement par la voie hiérarchique
artérielle sclérosée et tricolorisée
lui donne un mauvais goût avant de s'abîmer
définitivement
La terre tourne brutalement et le rebord du trottoir où
s'étale encore la petite flaque de sang arrive exacte-
ment à la hauteur de la tête du Commandant
Un monsieur qui sans aucun doute est quelqu'un
survient bientôt avec quelques plaques de verre et
à son tour se penche sur le trottoir mais très
délicatement

Un peu plus tard devant un public de choix il démontre
amphithéâtralement l'éternelle beauté de la race
qui permet à un vieux militaire âgé de soixante-
neuf ans de rendre son âme à Dieu en ne versant en
fin de compte qu'un peu de sang en tout semblable
et ceci démontré scientifiquement à celui d'un petit
enfant
Alors dans un inoubliable et chaleureux élan de légitime fierté congratulatoire tout le monde ému
souriant pleurant s'embrassant s'applaudissant se
dresse debout comme un seul homme en entonnant
Allons enfants
Et comme un seul homme lui aussi un homme seul est
resté assis
un garçon de laboratoire venu là par désœuvrement
Il est immédiatement et unanimement montré du doigt
et foudroyé du regard
Excusez-moi je sommeillais

la guerre moi je trouve cela d'un ennui mortel
alors vous comprenez
Mais ne vous gênez pas
poursuivez vos ébats
allez allez
allez enfants marchez marchez
qu'un sang impur abreuve vos sillons et que vos
    trompettes de Jéricho par la même et grande occa-
    sion renversent la muraille du son
Enfin pardonnez-moi d'avoir troublé innocemment vos
    grandes effusions de sang
Et comme il est jeté dehors ignominieusement
Dehors
la guerre et la mort ont beau se rappeler à son meilleur
    souvenir
dehors et déjà comme tous les jours
il court à son rendez-vous d'amour
Pour lui
le sang c'est toujours
l'amant de cœur de la vie

Aussi vrai qu'il y a une barrique de vin rouge dans
    l'arrière-boutique de la lune
Aussi vrai qu'il y a une carafe d'eau fraîche à la
    terrasse du soleil
Aussi vrai qu'il y a une fanfare de poissons dans
    chaque vague de la mer

Aussi vrai
que la fille inquiète et debout devant le calendrier
attend sans rien dire le sang qui se fait prier.

ENTENDEZ-VOUS
GENS DU VIET-NAM...

Entendez-vous
Entendez-vous gens du Viet-Nam
entendez-vous dans vos campagnes
dans vos rizières dans vos montagnes...

Oui nous les entendons

Ces êtres inférieurs
architectes danseurs pêcheurs et mineurs
jardiniers et sculpteurs tisserands ou chasseurs
paysans et pasteurs artisans et dockers
coolies navigateurs

Ces êtres inférieurs
ne savaient haïr que la haine
ne méprisaient que le mépris

Ces êtres inférieurs
ne craignaient guère la mort
tant ils aimaient l'amour

tant ils vivaient la vie
et leur vie quelquefois était belle comme le jour
et le sang de la lune courait sur les rizières
et le jour lui aussi était beau comme la nuit

Il y avait aussi la faim et la misère
les très mauvaises fièvres et le trop dur labeur

Mais le jour était beau comme la nuit
le soleil fou dansait dans les yeux des jeunes filles
et la nuit était belle comme le jour
la lune folle aussi dansait seule sur la mer
la misère se faisait une beauté pour l'amour

Et les enfants en fête malgré les Mauvais Temps
jouaient avec les bêtes en pourchassant le vent

Mais
il y avait aussi et venant de très loin
les Monopolitains
ceux de la Métropole et de l'appât du gain
Négociants trafiquants notables résidents avec les
    légionnaires les expéditionnaires et les conces-
    sionnaires et les hauts-commissaires
Et puis les missionnaires et les confessionnaires
venus là pour soigner leurs frères inférieurs
venus pour les guérir de l'amour de la vie
cette vieille et folle honteuse maladie
Et cela depuis fort longtemps

bien avant la mort de Louis XVI
bien avant l'exploitation et l'exportation
    de la Marseillaise

Et la misère était cotée en Bourse
sous le couvert
et dans les plis et replis du pavillon tricolore

Et puis une dernière fois ce fut encore la Grande
    Guerre
ses nouvelles financières et ses hauts faits divers
Comme elle était Mondiale
des Français déclassés grands caïds du Viet-Nam
avec les chefs du gang de l'empire du Milieu
se partageaient déjà comme barons en foire
les morceaux du gâteau
des lambeaux de pays
avec l'assentiment de S. M. Bao-Daï

Soudain
sont emportés dans les rapides de l'Histoire
leurs bateaux de papier-monnaie
et comme dans les livres de classe importés de la
    Métropole
on proclame au Viet-Nam
les Droits de l'homme
Quoi
ces gens qui crient famine sous prétexte qu'ils n'ont
    pas grand-chose à manger
et qui s'ils étaient mieux nourris crieraient encore que
    c'est mauvais

nous savons trop bien qui les mène
et où on veut les emmener

Et les Grands Planteurs d'Hévéas les Seigneurs de la
     Banque d'Indochine et les Grands Charbonniers
     du Tonkin
en appellent sans plus tarder à la Quatrième Républi-
     que empirique apostolique et néo-démocratique
Alors
la fille aînée de l'Église
son sang ne fait qu'un tour

Un pauvre capucin et grand amiral des Galères
arrive à fond de train par la mer
et après avoir fait les sommations d'usage
Ceci est mon corps expéditionnaire
Ceci est votre sang
à coups de droit canon il sermonne Haïphong
des anges exterminateurs accomplissent leur mission
et déciment la population
Simple petit carnage
présages dans le ciel
sévère mais salutaire leçon
Et vogue la galère
après avoir bien joué son beau rôle dans l'Histoire
l'Amiral se retire dans sa capucinière
en dédaignant la gloire

Et le temps fait semblant seulement de passer
le temps du halte-là reste là l'arme au pied

le temps des cerisiers en fleur arrachés à la terre et
    volatilisés

Et malgré d'inquiétantes menaces de paix
les gens du trafic des piastres
fêtent toutes les fêtes et sans en oublier
et l'on réveillonne à Noël comme au bon vieux pays
à Saïgon à Hanoï
et l'on fête l'Armistice et la Libération
comme le Quatorze Juillet la prise de la Bastille
sans façon

Cependant que très loin on allume des lampions
des lampions au napalm sur de pauvres paillotes
et des femmes et des hommes des enfants du Viet-Nam
dorment les yeux grands ouverts sur la terre brûlée
et c'est comme Oradour
c'est comme Madagascar et comme Guernica
et c'est en plus modeste tout comme Hiroshima

Et le temps reste là sur le qui-vive
le temps du Halte-là
le temps du désespoir
et de la connerie noire
Et la grande main-d'œuvre jaune
caresse tristement ses rizières ses forêts
ses outils et ses champs son bétail affamé

Des voix chantent

Nous n'aimions pas notre misère
mais avec elle nous pouvions lutter
et quand parfois elle touchait terre
sur cette pauvre terre nous pouvions respirer
Vous
qu'en avez-vous fait
Elle était lourde notre misère
vous le saviez
vous en avez déjà tiré plus que son pesant d'or
Fous que vous êtes
que voulez-vous encore

Aux voix de la main-d'œuvre jaune
répondait une voix d'or
une voix menaçante et radiodiffusée
et la main-d'œuvre se serrait
la mort mécanique avançait

Sourdes mais claires
des voix chantaient
Si la petite main-d'œuvre jaune
et la très grande main d'or blanc
coudes sur table et poings serrés
se rencontraient
elle ne tiendrait pas longtemps en l'air
la blême menotte d'acier
tachée de sang caillé

Longtemps en l'air
c'est une façon de parler

Et la voix d'or hurlait
sur un ton aphonique délicat cultivé
Feu à volonté
Et les hommes de main d'or
recrutés et parqués et fraîchement débarqués
venant rétablir l'Ordre
mitraillaient
incendiaient

Mais
la main-d'œuvre jaune elle aussi
se mé-ca-ni-sait
Tristes et graves
mais résignées des voix chantaient

Que voulez-vous
on nous attaque à la machine
se défendre à la main
ne serait pas civilisé
on nous traiterait encore de sauvages
et d'arriérés
on nous blâmerait

Et l'empereur Bao-Daï
partait « en permission »
sur la Côte d'Azur

C'est comme cela que les journaux annonçaient ses
    visites fébriles et affairées

Là-bas
sur le théâtre des Opérations Bancaires
le corps expéditionnaire
n'avait plus les mêmes succès
et dans de merveilleux décors
tombaient les pauvres figurants de la mort
Seuls les gens du trafic des piastres
criaient bis et applaudissaient
Ici on criait Encore
ailleurs on criait Assez
plus loin on criait La Paix
et des messieurs du meilleur monde fort discrètement
    s'éclipsaient

Tout cela n'était pas une petite affaire
les grandes compagnies internationales des Monopoli-
    tains
alertaient leurs meilleurs experts
leurs plus subtils tacticiens
L'un d'eux
un trépidant infatigable petit mégalomane d'une étour-
    dissante et opiniâtre médiocrité
et qui s'était couvert de gloire fiduciaire pendant la
    seconde guerre mondiale sur la route coupée du
    fer dans la plaie
atterrit en coup de vent au Viet-Nam

Et en moins de temps qu'il ne mit un peu plus tard à
    l'écrire
trouva la solution de cet interminable conflit

*Pour arrêter ou améliorer la regrettable et nécessaire guerre du
Viet-Nam, il suffit, c'est tellement simple, de mettre le Viet-Nam
dans la guerre.*

Et résumant cette solution en un slogan d'une indénia-
    ble efficacité

Virilité rapidité

il reprend l'avion
non sans avoir donné de très judicieuses précisions

*Des Français et des Vietnamiens se faisaient tuer pour protéger
la vie et la fortune des gens qui entassaient d'immenses
richesses, pour ne parler que de Chinois de Saïgon et de
Vietnamiens d'Hanoï, et tout cela aux frais du contribuable
français.*

*Dès lors, une seule solution : créer une armée proprement
vietnamienne assez puissante pour rétablir l'ordre, puisque c'est
au Viet-Nam (Tonkin, Annam, Cochinchine), pays de vingt-cinq
millions d'habitants, que se fait la guerre. C'est par la création de
cette armée nationale que le peuple vietnamien prendra pleine-
ment conscience de son indépendance. Il faut que cette guerre,
où se jouent l'indépendance du Viet-Nam, les libertés et la fortune
de ses citoyens, soit considérée par lui comme sa guerre. Il faut
que ses élites cessent d'être « attentistes », soucieuses de ne pas
se compromettre dans l'hypothèse d'une victoire des commu-*

nistes. Il faut que ce soit une guerre faite par le Viet-Nam avec l'aide de la France, et non une guerre faite par la France avec l'aide du Viet-Nam.

C'est d'abord un état d'esprit à créer, celui que ce vieux lion qu'est le président Syngman Rhee a su créer en Corée.

Et ce sont des réformes profondes à faire.

Pourquoi gardez-vous en prison
et depuis déjà plusieurs années
un marin qui s'appelle Henri Martin?

1952.

ÉTRANGES ÉTRANGERS

Étranges étrangers

Kabyles de la Chapelle et des quais de Javel
hommes des pays loin
cobayes des colonies
doux petits musiciens
soleils adolescents de la porte d'Italie
Boumians de la porte de Saint-Ouen
Apatrides d'Aubervilliers
brûleurs des grandes ordures de la ville de Paris
ébouillanteurs des bêtes trouvées mortes sur pied
au beau milieu des rues
Tunisiens de Grenelle
embauchés débauchés
manœuvres désœuvrés
Polacks du Marais du Temple des Rosiers
cordonniers de Cordoue soutiers de Barcelone
pêcheurs des Baléares ou du cap Finisterre
rescapés de Franco
et déportés de France et de Navarre

pour avoir défendu en souvenir de la vôtre
la liberté des autres

Esclaves noirs de Fréjus
tiraillés et parqués
au bord d'une petite mer
où peu vous vous baignez
Esclaves noirs de Fréjus
qui évoquez chaque soir
dans les locaux disciplinaires
avec une vieille boîte à cigares
et quelques bouts de fil de fer
tous les échos de vos villages
tous les oiseaux de vos forêts
et ne venez dans la capitale
que pour fêter au pas cadencé
la prise de la Bastille le quatorze juillet

Enfants du Sénégal
dépatriés expatriés et naturalisés

Enfants indochinois
jongleurs aux innocents couteaux
qui vendiez autrefois aux terrasses des cafés
de jolis dragons d'or faits de papier plié
Enfants trop tôt grandis et si vite en allés
qui dormez aujourd'hui de retour au pays
le visage dans la terre
et des bombes incendiaires labourant vos rizières

On vous a renvoyé
la monnaie de vos papiers dorés
on vous a retourné
vos petits couteaux dans le dos

Étranges étrangers

Vous êtes de la ville
vous êtes de sa vie
même si mal en vivez
même si vous en mourez.

CAGNES-SUR-MER

Cagnes-sur-Mer
Soleil de novembre et déjà de décembre et bientôt de
    janvier
Fête de la Jeunesse et fête de la Paix
Eaux claires de la lune
dansez sur les galets
Dans les filets du vent
des sardines d'argent
valsent sur l'olivier
et des filles de Renoir
dans les vignes du soir
chantent la vie l'amour
et le vin de l'espoir

Cagnes-sur-Mer
jolie tour de Babel aimée des étrangers
Pierre blanche sur la carte
des pays traversés et jamais oubliés
Danse danse jeunesse
danse danse pour la Paix

danse danse avec elle
sans jamais l'oublier

Elle est si belle si frêle
et toujours menacée
et toujours vivante et toujours condamnée

Les plus savants docteurs du monde occis-mental
disent qu'une fois de plus
elle est encore perdue
enfin
qu'elle n'en a plus pour longtemps
et que la der des nerfs lui a tourné les sangs
Et qu'un vaccin
la guerre
pourrait à l'extrême rigueur
la remettre sur pied
et qu'à titre préventif et obligatoirement
tout le monde comme un seul homme avec femme et
    enfants
devra se faire piquer à bout portant
providentiellement

Saisonnière horreur
sacrifices humains sacrifices enfantins
souhaités louangés fêtés
Les bourreaux trouvent toujours des aèdes
et en première ligne des journaux aussi bien qu'aux
    avant-postes de radio
des voix livides intrépides et autorisées
donnent de source sûre

les nouvelles toutes fraîches des tout derniers char-
    niers
et des éleveurs de monuments aux morts
racolent la clientèle pour l'Europe nouvelle

Allô allô ne quittez pas l'écoute
restez sur le qui-vive sans demander qui meurt
et ni pourquoi il meurt
Sa mort c'est notre affaire
c'est l'affaire du Pays
au revers de toutes nos médailles son nom
pieusement sera gravé
comme sur les premières timbales
du gentil nouveau-né
Allô allô ne quittez pas l'écoute
et que personne ne bouge
le drapeau dieu blanc rouge
flotte sur le chantier
que l'Europe nouvelle est en train de vous fabriquer
Allô allô laissez-nous travailler en paix
et bientôt l'Afrance et la Lemagne
amies héréditaires sœurs latines ignorées
trop longtemps divisées mais enfin retrouvées
marqueront le pas de l'oie du vaillant coq gaulois
sous l'Arc de Triomphe
du grand Napoléon trop longtemps oublié
et ranimeront le lance-flammes du héros inconnu
pour la grande revanche des retraites de Russie
Et toujours comme par le passé glorieux et non révolu
Épée sur la terre aux hommes de bonne volonté
Et à ceux qui bassement nous accusent

de nous ne savons quel trafic de piastres et de devises
dans les contrées lointaines de notre empire français illimité
avec le clair regard des rares honnêtes gens
nous répondons très simplement
Voyez nos mains sont pleines
preuve que nous sommes innocents

Danse jeunesse de Cagnes-sur-Mer
danse jeunesse de tous les pays
et sans en excepter un seul
promise à la tuerie
danse danse avec la paix
On lui tire dans le dos
mais elle a les reins solides
quand tu la tiens dans tes bras
Elle est si belle si fragile si frêle
elle est aussi très vieille abîmée détraquée

Danse jeunesse du grand monde ouvrier
et si tu ne veux pas la guerre
Répare la paix.

1953.

SCEAUX D'HOMMES ÉGAUX MORTS

Sur les fesses du chef décapité était tatoué le prénom
    du soldat familier
et le prénom du chef était tatoué sur la poitrine de son
    homme fusillé
Leurs mains enlacées et crispées faisaient semblant de
    vivre encore
Misogynie mère des guerres
Tasses et théières
Seaux d'eau
Mégots morts
Deux corps sous les décombres
dans l'ombre du décor.

PEUPLES HEUREUX
N'ONT PLUS D'HISTOIRE

(Gastronomie du Temps)

Autrefois le grand homme, lui, n'avait jamais une minute à lui, fastueux et généreux, il donnait tout son temps à l'Histoire mais sans songer à l'indifférence historique des hommes de l'après-histoire.

Demain déjà, ils se promènent dans les rues de la vie, dans les rues de leurs villes et parfois c'est Paris.

De temps en temps, un passant arriéré s'arrête et tristement demande l'heure à un autre passant.

— Quand on me demande du feu, c'est un tout petit peu de mon feu qu'on me demande, quand on me demande l'heure, c'est un tout petit peu de mon temps qu'on me prend, répond l'autre en soupirant.

Puis, échangeant un coup d'œil complice, ils décident de s'offrir mutuellement une pinte de bon temps à l'Enseigne du Bon Vieux Temps. Et l'enseigne représente un vieillard méchant au volant d'une antédiluvienne faucheuse mécanique couleur de corbillard antique. Et là, dans une cave désertique, ils prennent place parmi les rares consommateurs : les buveurs d'heures, les mangeurs de pendules, les distingués

dégustateurs de chronomètres héroïques et d'éphémé-
rides hiérarchiques.

Prenant leur temps, ils savourent avec ravissement
un coucou Forêt-Noire 1870, un cadran astronomique
Golgotha trente-trois ans après Jésus-Christ, une pendule réchauffe-haine, un carillon Waterloo de derrière
les fagots, un sablier aux lentilles d'Esaü, une clepsy-
dre Sainte-Inquisition dans un vieil entonnoir de cuir,
ou bien un œil-de-bœuf Charles IX Saint-Barthélemy
1572, un réveille-matin Louis XVI Guillotin 93, une
horloge parlante Guillaume Tell garantie belle époque
épique Helvétique.

Et se gardant bien d'avaler les aiguilles fatidiques,
comme on se garde d'avaler les arêtes d'un poisson, la
ficelle d'un rôti, ou les petits os d'un poulet, ils dégus-
tent leur temps ponctuellement.

— Et comme dessert, votre dernière heure, naturellement? demande le garçon poliment.

Ils font tristement oui de la tête et s'écroulent sur le
ciment.

Dehors, dans un jardin beau comme une forêt, des
enfants jouent auprès d'un torrent et ce torrent court
dans des ruines dont personne ne demande le nom.

DROIT DE REGARD

Vous
je ne vous regarde pas
ma vie non plus ne vous regarde pas
J'aime ce que j'aime
et cela seul me regarde
et me voit
J'aime ceux que j'aime
je les regarde
ils m'en donnent droit.

ÉCLAIRCIE

Je suis dans le métro, je somnole et soudain je me réveille à cause de quelque chose de désagréable qui me chatouille le menton, je me réveille et vois un petit homme debout, en blouse blanche, qui me passe énergiquement sur le visage un petit balai mouillé.

Ça va, je suis chez le coiffeur, je dormais, me voilà rassuré.

Je m'endors à nouveau, soudain une douleur terrible, on m'arrache en vrille tout le dedans de la tête, je m'éveille et vois un petit homme debout, en blouse blanche, avec une fraise mécanique à la main.

Ça va, je suis chez le dentiste, me voilà rassuré. Et le dentiste m'endort parce que j'ai crié.

A nouveau je suis dans le métro, je somnole, je m'endors. Une femme que j'aime vient s'asseoir près de moi, je ne sais pas qui c'est mais comme toutes les femmes que j'aime elle est nue et belle avec moi.

Les voyageurs nous regardent de travers et, choqués, descendent en protestant à la prochaine station.

La femme que j'aime m'embrasse et le reste s'efface.

Soudain, quelque chose d'horrible me touche l'épaule. La femme que j'aime disparaît. Je tourne la tête, je vois une main sur mon épaule puis après cette main un bras et finalement devant moi, un petit bonhomme debout, vêtu de bleu, avec une pince à trous à la main et qui me demande mon billet.

Je le tue, sans réfléchir. On tire le signal d'alarme, le métro s'arrête, on m'entraîne et je m'endors, je m'endors, je m'endors...
Je suis dans le métro, j'attends cette femme que j'aime, elle vient, elle sourit, elle s'assoit près de moi, elle me prend par le cou, mais...

On me touche à nouveau l'épaule, c'est insupportable, je me réveille.

Un homme habillé en garde républicain me fait signe, en fronçant un épais sourcil, que « ce n'est pas le moment de dormir ».

Ça va, je suis au Tribunal, en Cour d'Assises, me voilà rassuré !

Un petit homme en rouge me désigne frénétiquement du doigt et supplie sept petits hommes en gris, leur demandant ma tête parce qu'il faut que je paye ma dette à la Société.

A la Société... la Société... je m'endors, je m'endors, je m'endors.

Je suis dans le métro, j'attends la femme que j'aime.

Elle vient, elle est plus belle et plus jeune et mieux faite que jamais, elle sourit, elle est heureuse, elle comprend tout, elle sait tout, elle m'aime autant que je l'aime et, comme moi, elle s'aime aussi beaucoup.

Nous sommes faits pour nous entendre, nous sommes faits pour l'amour.

Et c'est une immense chance que nous soyons en première parce que les banquettes sont plus douces et...

Mais voilà que ça recommence, on me frappe à nouveau sur l'épaule.

Mais, cette fois, la femme que j'aime ne disparaît pas.

Je me retourne et vois un petit homme en blanc. Ce n'est pas le dentiste, ce n'est pas le coiffeur, ce n'est pas non plus le procureur... c'est le contrôleur. Il est en blanc parce que les linceuls sont blancs et il est en linceul parce qu'il est mort et il est mort parce que je l'ai tué. Mais il continue à contrôler au-delà de la vie, de la mort et de la bonne ou de la mauvaise humeur, parce que c'est son métier. Il me regarde avec une grande indifférence et ne paraît pas du tout m'en vouloir de l'avoir tué. Oh! bien sûr, il ne sourit pas et il n'a pas l'air gai : simplement le visage heureux, abruti, et béat qu'ont les saints sur les vitraux et sur les calendriers.

Poliment il nous demande nos billets.

A ce moment, la femme que j'aime disparaît. Sans aucun doute elle n'a pas de billet et moi, je n'ai qu'un billet de seconde et pas d'argent pour supplémenter.

Le contrôleur hoche douloureusement la tête, le train s'arrête... et je vais en seconde.

Le train repart. La femme que j'aime revient et m'embrasse.

Et c'est aussi une immense chance que nous soyons en seconde parce qu'on peut aussi bien faire l'amour avec celle que l'on aime, et qui vous aime, sur une banquette de bois, en seconde classe, dans le métropolitain et devant tous les voyageurs, que sur un lit recouvert de satin somptueux, ou, enfants, sous un porche en vidant les ordures le soir.

Les voyageurs nous regardent avec le regard indifférent des gens qui en ont vu d'autres ou qui en ont entendu parler.

Soudain la porte s'ouvre et Têtu, le Procureur, toujours vêtu de rouge, me désigne à nouveau du doigt et réclame, au milieu de l'indifférence croissante des voyageurs, ma tête.

Alors j'éclate de rire et la femme que j'aime éclate aussi de rire et elle m'embrasse et je l'embrasse et nous faisons l'amour.

Et soudain l'inquiétude me prend et j'ai peur « que tout ceci ne soit qu'un rêve ».

Mais la femme que j'aime, comprenant ma pensée, me pince jusqu'au sang avec une immense tendresse, mais je crains toujours de rêver.

Et l'idée me vient que c'est peut-être parce que je rêve que je fais beaucoup mieux l'amour qu'habituellement, en réalité.

Mais la femme que j'aime est si réellement belle, si heureuse, si jeune, que j'ose, en la caressant, lui dire, comme on dit en réalité, « tout le fond de ma pensée ». Et elle me répond en secouant doucement sa jolie tête : « Non, réellement, qu'est-ce que tu vas chercher! »

Mais on me frappe à nouveau sur l'épaule et à nouveau elle disparaît.

Mais cette fois, en riant, d'un rire si généreux, si heureux et si confiant que je ne peux m'empêcher de rire de ce même rire, et c'est dans l'éclat même de ce rire, éclatant comme un soleil, qu'elle avait en disparaissant, que je vois devant moi, se dressant dérisoirement, des petits hommes en noir dont deux avec une robe qui me supplient, des larmes sérieuses plein les yeux, d'avoir beaucoup de courage parce que mon pourvoi en grâce est rejeté.

Inénarrable, c'est-à-dire qu'on ne peut absolument pas narrer.

Je m'endors. Tout cela est si vain, d'un temps si arriéré, si limité. Je m'endors, je m'endors...

Je m'endors et elle vient. Et elle m'embrasse encore.

L'ORAGE ET L'ÉCLAIRCIE

Un chien fou dans les couloirs d'une maison de santé
cherche son maître mort depuis l'été dernier

Un arbre ou une pendule
un oiseau un couteau
une mauvaise nouvelle
une bonne nouvelle

Ton visage d'enfant
comme une crème terrible
tout à coup s'est figé
Ton sourire
comme une roue dentée
s'est mis à tourner
perdu crispé escamoté
Et l'eau merveilleuse
de tes yeux verts et gris
s'est tarie
La foudre

la petite foudre noire de la haine de la détresse et du
    savoir
a lui
pour moi
Signal de toute la terre
visage en tous sens retourné
message du désespoir
de la lucidité
Et puis soudain plus rien
rien d'autre que ton visage ingénu enfantin
tout seul comme un volcan éteint

Et puis
la fatigue l'indifférence la gentillesse et l'espoir de
    dormir
et même le courage de sourire.

LA RIVIÈRE

Tes jeunes seins brillaient sous la lune
mais il a jeté
le caillou glacé
la froide pierre de la jalousie
sur le reflet
de ta beauté
qui dansait nue sur la rivière
dans la splendeur de l'été.

LES AMOUREUX TRAHIS

Moi j'avais une lampe
et toi la lumière
Qui a vendu la mèche ?

CADEAU D'OISEAU

Un très vieux perroquet
vint lui porter ses graines de tournesol
et le soleil entra dans sa prison d'enfant.

CHANT FUNÈBRE
D'UN REPRÉSENTANT

Mouvement des navires
mouvement des marées

Tu t'étais fait attendre
pendant des jours entiers
A la porte du Sept
le garçon a frappé
il m'a donné la lettre
et puis tout a tourné

Mouvement des navires
mouvement des marées

J'avais le mal de mort
et sans même en mourir
comme d'autres le mal de mer
sans pouvoir le vomir
Rien qu'en voyant l'enveloppe
j'avais tout deviné

dans la lettre de ta sœur
ton sort était marqué

Mouvement des navires
mouvement des marées

Alors je suis sorti
sans même me laver
et puis j'ai remonté
la rue de la Gaîté
et dans l'avenue du Maine
j'ai pris un verre de rhum
et le patron m'a dit
histoire de rigoler
Le petit verre du condamné
Il ne croyait pas si bien dire
cet homme qui savait rire

Mouvement des navires
mouvement des marées

A la gare Montparnasse
la gare que tu aimais
j'ai pris un ticket de quai
Je suis resté longtemps
à errer dans la gare
et je ne pensais qu'à ta vie

Mouvement des navires
mouvement des marées

Colliers de coquillages
bals de Vaugirard et de Saint-Guénolé
et le pas de tes pieds
sur le sable mouillé
toujours je l'entendais
et les quais étaient balayés
à intervalles réguliers
par les feux du phare de Penmarch

Mouvement des navires
mouvement des marées

Ton sort c'était hier
le mien c'est pour demain
et ta robe neuve et rouge
quand tu l'enlevais
jamais je n'oublierai
tout ce que tu disais
toi qui souriais toujours
comme seul sourit l'amour
Tu vois c'est le rideau d'un théâtre
et j'espère que toujours le spectacle te plaira
quand le rideau se lèvera

Mouvement des navires
mouvement des marées

Fraises de Plougastel
crêpes de sarrasin
hier c'était hier
oh que serai-je demain

Mouvement des navires
mouvement des marées

Oh je ne vendrai plus
des souvenirs de vacances
des boîtes en coquillages
et des coquilles Saint-Jacques
le paysage dedans
Je vendrai des vieux sacs
je vendrai des cure-dents
horaire itinéraire
Finistère Finistère
tout ça c'est déchiré

Mouvement des navires
mouvement des marées.

LE TEMPS HALETANT

Émerveillée de tout ne s'étonnant jamais de rien
une fillette chantait
suivant les saisons suivant son chemin

Quand les oignons me feront rire
les carottes me feront pleurer
l'âne de l'alphabet a su m'apprendre à lire
à lire pour de vrai

Mais une manivelle a défait le printemps
et des morceaux de glace lui ont sauté à la figure

J'ai trop de larmes pour pleurer
ils font la guerre à la nature
Moi qui tutoyais le soleil
je n'ose plus le regarder en face.

QUAND...

Quand le lionceau déjeune
la lionne rajeunit
Quand le feu réclame sa part
la terre rougit
Quand la mort lui parle de l'amour
la vie frémit
Quand la vie lui parle de la mort
l'amour sourit.

SOUS LE SOC...

Sous le soc de ton doux regard d'acier
mon cœur a remué
et dans cette terre labourée
la fleur de l'adieu s'est mise à crier

Aujourd'hui
dans la même ville
la ville où nous nous sommes quittés
je suis le seul à voir ta statue
place de la Disparition
Déjà des milliers de jours ont passé
depuis le dernier jour où je t'ai embrassée
et parfois je me regarde dans la glace
sans avoir le courage de me raser
Et ça tombe toujours un lundi
le lundi les coiffeurs sont fermés
et je m'ennuie
Alors j'ouvre la fenêtre
et je t'appelle
et tu es là
avec un rasoir d'or et un blaireau d'argent

et la grande baignoire de ton dernier amant
dans sa quarante chevaux du tonnerre et du vent
Je te rejoins
et je me rase comme aucun prince ne s'est jamais rasé
et je me baigne à cent cinquante à l'heure
comme personne au monde
sauf ceux à qui pareille chose déjà est arrivée
ne s'est jamais baigné
Je ne te demande même pas où nous allons
et ce n'est pas par discrétion
mais parce que je sais bien
que tu n'en sais rien
Et comme toujours tu me poses des devinettes
tu me demandes quel jour la mort est née
ou si la vie un jour doit mourir tout à fait
tu me demandes pourquoi je ris
et comment nous nous sommes quittés

Un homme à particule est assis au volant
c'est à lui la voiture
il ne sait pas qui au juste est dedans

Et moi mes mains pleines de savon
je les lui plaque sur les yeux
Coucou qui est là
Et la voiture fait un tel bond que...
Mais il y aura toujours un trou dans la muraille de
    l'hiver pour revoir le plus bel été

Dans la ferraille tordue brisée le sang giclé
un feu de joie a éclaté
Et sans qu'on les appelle
les souvenirs heureux viennent répondre présent
et reprendre leur place au coin du feu vivant

Le temps ne sait pas l'heure
l'heure ne dit pas le temps

Un jour un éclair de chaleur
tous les deux nous a traversés
heureuse cicatrice du bonheur
qui pourrait jamais l'effacer.

MAINTENANT J'AI GRANDI

Enfant
j'ai vécu drôlement
le fou rire tous les jours
le fou rire vraiment
et puis une tristesse tellement triste
quelquefois les deux en même temps
Alors je me croyais désespéré
Tout simplement je n'avais pas d'espoir
je n'avais rien d'autre que d'être vivant
j'étais intact
j'étais content
et j'étais triste
mais jamais je ne faisais semblant
Je connaissais le geste pour rester vivant
Secouer la tête
pour dire non
secouer la tête
pour ne pas laisser entrer les idées des gens
Secouer la tête pour dire non
et sourire pour dire oui

oui aux choses et aux êtres
aux êtres et aux choses à regarder à caresser
à aimer
à prendre ou à laisser
J'étais comme j'étais
sans mentalité
Et quand j'avais besoin d'idées
pour me tenir compagnie
je les appelais
Et elles venaient
et je disais oui à celles qui me plaisaient
les autres je les jetais

Maintenant j'ai grandi
les idées aussi
mais ce sont toujours de grandes idées
de belles idées
d'idéales idées
Et je leur ris toujours au nez
Mais elles m'attendent
pour se venger
et me manger
un jour où je serai très fatigué
Mais moi au coin d'un bois
je les attends aussi
et je leur tranche la gorge
je leur coupe l'appétit.

CHANSON POUR VOUS

A Florence

Cheveux noirs cheveux noirs
caressés par les vagues
cheveux noirs cheveux noirs
décoiffés par le vent
Le brouillard de septembre
flotte derrière les arbres
le soleil est un citron vert
Et la Misère
dans sa voiture vide
traînée par trois enfants trop blonds
traverse les décombres
et s'en va vers la mer
Cheveux noirs cheveux noirs
caressés par les vagues
cheveux noirs cheveux noirs
décoiffés par le vent
Avec ses tonneaux de fer
ses débris de ciment armé
comme un chien mort
les pattes en l'air

le radeau de l'Amirauté
gît immobile sur les galets
Cheveux noirs cheveux noirs
décoiffés par les vagues
cheveux noirs cheveux noirs
caressés par le vent
Soleil
citron vert emporté par le temps
la voix de la sirène
est une voix d'enfant.

LA VISITE AU MUSÉE

Au musée de cire du Souvenir
vous prenez la galerie des projets avortés
le couloir des velléités
l'escalier des faux désirs
et vous tombez dans la trappe des regrets
Là
vous pouvez graver sur les murs
avec le petit couteau-souvenir acheté à l'entrée
les graffiti du malentendu
Mais
au-dessus de la salle des Bienfaits Perdus
les yeux bandés
le funambule Amour
danse sur la corde raide du bonheur à peine entrevu
du bonheur jamais oublié
Et la musique de son cirque
tourne son disque rayé usé exténué mais ravi
et le disque tourne comme une lune sanglante et
        endeuillée
radieuse vivante souriante ensoleillée

merveilleuse et émerveillée
Musique du peuple des oiseaux
musique des oiseaux du peuple
Visiteurs
n'écoutez pas cette musique sans l'entendre
ne prêtez pas seulement l'oreille à cette musique
à ce bruit
donnez-la-lui
Elle vous la rendra au centuple
un beau jour
ou un autre jour
la musique du peuple des oiseaux de l'amour.

SOLEIL DE MARS

A Cécile Miguel

Oranges des orangers
citrons des citronniers
olives des oliviers
ronces des ronceraies
Mystères fastueux et journaliers

La vie est belle
je me tue à vous le dire
dit la fleur
et elle meurt

Sans répondre à la fleur
l'homme traverse le jardin
l'homme traverse la forêt
sans jamais adresser la parole à son chien
Survie verte

La grenade éclate
pour la soif

la figue tombe
pour la faim
la fleur de l'artichaut
dans le ciel du matin
jette sa clameur mauve et dédaignée
Seulement pour la couleur
seulement pour la beauté

Secrets intacts
splendeur publique de l'histoire naturelle

Univers de Cécile Miguel

Elle était là
présente
dans la lumière ardente
Le paysage s'est jeté sur elle
et lui a dit
qu'elle était amoureuse de lui

C'est vrai je t'aime
a dit Cécile Miguel
et dans ses toiles
l'eau souterraine des Alpes-Maritimes
murmure qu'elle l'aime aussi.

FASTUEUSES ÉPAVES...

Un jour
Kor Postma écrivait à un ami
un de ceux qui aiment ce qu'il peint
parce qu'il ne peint que ce qu'il aime

Tu sais que ma peinture ne veut rien de magistral ou d'important
et que j'essaie de donner une vie plus réelle aux choses
insignifiantes, pauvres, simples, oubliées et jetées...

Plumes et plantes
objets éperdus éprouvés
roseaux séchés liés déliés et brisés
et papillons éparpillés
Vieille ratière et nouveau bigarreau
rebuts de liège vêtus comme des oiseaux
Vestiges de terre et de mer de joie et de misère
de lumière et de vent
Signaux de mort signes de vie
vivantes et frêles ruines

figures de rébus tendres énigmes secrets publics
Fastueuses épaves et fabuleux débris
rejets du beau et mauvais temps
dans les filets du Hollandais Volant
à Sanary
où le peintre affectueusement les a surpris
dans leur ardente et charmante inertie
surpris et rassemblés en pleine réalité
c'est-à-dire en plein rêve en plein désir en plein
    mystère
en plein oubli
Là où la vie ne cesse de fondre en larmes
que pour éclater en sanglots
Là où la terre à l'horizon funèbre
sommeille sous l'œil seul du soleil
et puis pleurant de rire se réveille en sursaut
et fait chanter ses fleurs ses mendiants ses oiseaux

Non loin de là
dans les Alpes-Maritimes
une petite fille
comme le peintre sur le sable
retrouve dans le paysage de sa tête
des choses venues elle ne sait d'où
des choses de tristesse et de fête
d'ailleurs et de partout
Et ces choses ma fille les dit en chantant

Finis les beaux bateaux d'autrefois
finis finis

Ils sont cassés en petits morceaux
jamais jamais ils n'auront plus
une goutte d'eau
dans leur vie
Ils sont en tout petits morceaux
en petits fagots
pour qu'ils brûlent bien

Et l'éléphant pisse un petit coup

C'est la fête du Mouton à l'ail
Il est temps d'aller déjeuner
dit Courtois le chien pauvre.

ITINÉRAIRE DE RIBEMONT

Une plume ou un crayon courant sur le papier
raconte le paysage
et le paysage prête l'oreille
parce que le voyageur lui plaît
et il écoute le langage
qui le décrit trait pour trait

Paysage Paysage
c'est comme cela que je te vois
pays fou des arbres sages
pays sage d'herbes folles
paysage paysage
c'est un ami du voisinage
on l'appelle Ribemont
qui revient chaque saison
pour toutes les fleurs de ton corsage
pour toutes les tuiles de tes maisons
Et le paysage répond à l'homme de passage qui ne lui
    demande rien d'autre que l'hospitalité avec l'oubli

d'une foule de choses dans la saveur des fleurs et le
parfum des fruits
dans le silence des bêtes
et dans le bruit des arbres
dans le bleu du ciel gris
sur les pierres des chemins
près des murs des jardins
de la tombée du jour au lever de la nuit

Ribemont Ribemont
chez nous vous êtes chez vous
Ribemont Ribemont
ami du voisinage
ami de nos saisons

Et le temps qui passe a passé
le beau temps avec le mauvais
et le paysage poli et bien élevé
traverse le vernissage
captif et captivé
mais avec ses jardins secrets de plus en plus en liberté
et il se reconnaît
dans ces miroirs de thyms
et de papier
et de lauriers et de raisins et d'oliviers
et d'arbres calcinés
abandonnés
de fleurs arrachées
de fruits mal défendus
disparus et vendus

et de racines déracinées
et puis de feuilles neuves sur de nouvelles branches
et les branches sur les arbres
comme les mains sur les hanches
Et puis il se fait tard
ces visiteurs entendent frissonner le feuillage
entre les quatre murs de la galerie de peinture
et l'autruche aux yeux clos
et puis l'empereur de Chine avec son serin muet
sont aussi du voyage
de Ribemont-Dessaignes
A Saint-Jeannet.

VIGNETTE POUR LES VIGNERONS

A table ! Officions ! Alleluia pantoufle !
Hosanna ! Mistaflûte : et saute le bouchon !
VICTOR HUGO

C'est la fête à Saint-Jeannet
et saute le bouchon
Victor Hugo avait raison
et aussi Olivier de Serres
qui écrivit en son temps
le Théâtre de l'Agriculture
La nature a horreur des bouteilles vides
mais de même elle a horreur des bouteilles pleines
quand elles ne sont pas débouchées
Et saute le bouchon
c'est la fête à Saint-Jeannet
Et le beau temps s'étale sur le Baou
et là il fait la sieste et la nuit étoilée
et la grasse matinée
Le beau temps sans prières pour la pluie
sans horizon funèbre
Le beau temps simplement
le beau temps naturellement

Rien d'autre que le soleil et l'ombre
caressant tous les arbres
rien d'autre que la vie embrassant la campagne
rien d'autre que le sang des vignes
avec ses grains rouges ses grains blancs
coulant dans le corps de la terre
fastueusement
généreusement
Rien d'autre que les voix des hommes et des femmes
se questionnant
se répondant
Rien d'autre que les voix des bêtes et des oiseaux
et des enfants

C'est la fête à Saint-Jeannet
le canon paragrêle lui-même se tait
et le canon paravent
qui chasse le mistral dans les autres localités
n'est même pas déplié
le canon parasol contre l'insolation
n'est même pas encore inventé
On se croirait vraiment encore à la belle saison
où le verbe aimer ne s'était pas fait chair à canon

C'est la fête à Saint-Jeannet
Pas la fête de Saint-Jeannet
Saint-Jeannet lui c'est le patron
et il a son nom
sur tous les calendriers de la région
et sur ses cartes de visite

toutes les grandes calamités
mildiou phylloxera et tournis du mouton
sont gravées
Et quand il se promène dans sa proéminente tournée
    d'inspection sur sa grande mule du pape aérodiffu-
    sée
et qu'elle secoue ses grêlons
sur les vignes tout à coup désolées
ce n'est pas d'un très bon œil
que les plus joyeux
parmi les vignerons
prêtent l'oreille à ce sinistre carillon
Non
ce n'est pas la Saint Glin-Glin
ce n'est pas la Saint Glas-Glas
la Saint-Galmier
la Saint-Estèphe
ni la Saint-Émilion
ni la Sainte-Bouteille
ni la Saint-Goupillon
C'est la fête de la vigne et puis des vignerons
C'est la fête à Saint-Jeannet

C'est la fête des raisins de table
ce n'est pas la Saint-Guéridon
Et les vignes descendent toujours vers la mer
chantant avec le vent
Un orchestre de sulfate de cuivre
les accompagne
de ses reflets et de ses refrains bleus
et les derniers jours de septembre

sont les mêmes grains de la même grappe
que ceux des premiers jours d'octobre
Et les raisins de table sont sur la table
et les raisins de cuve trinquent avec eux
Et le soleil est de la fête
et le grand miroitier aux alouettes jette sa proie dans
les assiettes

C'est la fête
Le poivrier amène son poivre
la mer envoie ses loups grillés
et de vieux oliviers très gais
jettent leur huile sur le feu d'artifice de cette simple fête
en toute simplicité
Et le bouquet de ce feu d'artifice
c'est le soleil qui conduit le bal
où dansent le gros Guillaume
avec la Clairette et le Servant Doré
et le Muscat d'Alexandrie
l'Ugni blanc et le Braquet
le Salerne et l'Alphonse Lavallée
Et ils chantent en chœur la chanson des raisins
Aujourd'hui c'est la fête
on ne sait plus où donner de la tête
on ne sait plus où donner du grain
Mais il faut que justice soit faite
il faut dire merci à quelqu'un
Et puisque paraît-il et c'est un vieux refrain
il vaut mieux s'adresser au bon Dieu qu'à ses saints
adressons-nous à Bacchus
c'est le plus vieux de la corporation

Cher Bacchus
nous ne savons qu'un compliment
toujours le même
et même nous l'avons oublié depuis longtemps
Mais enfin
la politesse est faite
cette fête est une belle fête
Et bonheur aux nouveaux
et honneur aux anciens
en souvenir des temps heureux
où les feuilles de la vigne
voltigeaient au-dessus des premiers moulins
avant d'être changées en pierre
et d'aller endeuiller les statues des jardins

Arrive alors
le Saint-Jeannet tardif
Bien sûr j'arrive en retard
mais j'arrive à mon heure
et comme mon nom l'indique
je ne suis pas pressé
Je suis raisin de table
à l'horloge du pressoir
ma toute dernière heure n'est pas près de sonner
Et tout ce que je souhaite
c'est que la fête se termine en beauté
et que les verres se lèvent encore
quand le soleil depuis longtemps sera couché

et que le bon vin ramène
ceux que le bon vent a amenés
aujourd'hui ici même
à Saint-Jeannet.

HÔPITAL SILENCE

au docteur Jean Pallies

Sur le visage du soir
la main du rêve a doucement posé le loup du bal de la
    nuit
et sur un vieux cadran solaire
dansent les jeunes ombres de la lune
Tout près
dans la même lueur
une inscription surgit

Hôpital Silence

Mais le bal de la lune
a peuplé ce silence d'une musique sans bruit
Dans l'insomnie brûlante
soudain des enfants chantent
que personne n'entend
Leur chanson c'est une plainte

la plainte d'une plante
dans une serre
en exil
Quel que soit l'âge de la malade
c'est encore sa jeunesse qui souffre
c'est toujours son enfance qui crie
et de loin porte plainte contre la maladie
Mais c'est toujours dans l'accalmie
cette jeunesse cette enfance
qui oublie tout danse et sourit
de connivence avec la vie

Hôpital Silence

Une malade parle toute seule avec toute cette vie
grand discours tendre et fou
roman terrible et vrai
et parfois si joli
Chef-d'œuvre jamais écrit
opéra de la fièvre
lucide acide et doux
comme le citron sur l'arbre une tranche déjà dans le
    verre le verre vide sur la table à mille lieues de la
    main et dans la nouvelle soif le souvenir d'avoir bu
Tragédie où l'espoir reprend le premier rôle et se
    dresse debout face aux murs blancs et nus
puis traversant la chambre dans son péplum de sang
    entrouvre les rideaux de l'amour et du vent
et tout à coup éperdu angoissé ne sachant plus au juste
    pourquoi on l'a appelé retombe sur le lit fébrile et

oppressé comme un mauvais acteur exténué sous
les huées
Et la douleur le siffle

Hôpital Silence

Mais la malade plus oppressée que lui le serre dans ses
bras et lui souffle son rôle
tout bas
au ras du drap
Le docteur nous l'a dit
bientôt tu guériras
Et tous les deux s'en vont l'un par l'autre bercés
au pays du sommeil où se réveillent le souvenir et les
regrets les projets les désirs
Là
quelque part en France
Hôpital Paris
celui des Enfants-Malades rue de Sèvres où elle fit un
long apprentissage de souffrance de courage et de
brève euphorie
où des oiseaux répètent encore sans tout avoir compris
les refrains enfantins inventés sur-le-champ
éphémères sortilèges contre le mauvais temps

Lundi mardi mercredi jeudi
encore un autre hier et un autre aujourd'hui
L'un dit mardi
un autre mercredi

vendredi ou dimanche
vendremanche ou didi
samedi qu'est-ce que ça me dit
si moi je dis jeudi
et si je dis jeudi c'est pour qu'ils recommencent
les jours où pas malades on pouvait s'envoler
les beaux jours de vacances

Hôpital Silence

Les jours et les mois passent
les semaines les heures
la malade est à Vence sur la Côte d'Azur
et presque tout à fait complètement guérie

Hôpital Silence

Les quatorze heures de la souffrance
ne sonnent plus pour elle dans le Midi
Et la douleur s'excuse
en bonne dame de compagnie
J'ai tant à faire
pardonnez-moi si je vous laisse
chère amie

Hôpital Silence

La grêle a fondu
le raisin est sauvé
Venue de loin
l'alouette de Juliette chante sur l'olivier
Et sous les pas de la convalescence
luisent les graviers de la première sortie
autant d'étoiles d'or dans des cheveux de pluie

Hôpital Silence

La malade sourit
tout heureuse d'être au monde sans demander pour-
      quoi
encore une fois toute neuve comme la première fois
encore une fois vivante avec toute la vie.

PORTRAITS DE BETTY
PORTRAIT DE BETTY

Visa des visages
vies dévisagées
passeports
pour les étrangers

Il n'y a pas de miroir objectif
pas plus que d'Objectivité
c'est dans la glace des autres
que parfois on se reconnaît

Ici
sur le mur où chacun se ressemble
en particulier
tous ressemblent tous ensemble
à Betty
qui les a rassemblés.

ENTRÉES ET SORTIES

(Folâtrerie)

Le Jardinier entre avec un bouquet de roses rouges et un sac de noix noires.

Il est âgé et paraît fatigué.

Cela se passe dans un salon, le salon du « château

LE JARDINIER
(parlant pour lui)

Vraiment, Pervenche, ma petite-fille, m'en fait voir de toutes les couleurs. Un jour elle dit qu'elle est un oiseau, un autre jour, elle prétend qu'elle est une fleur, une fleur...

Vraiment, c'est manquer de respect à son grand-père. (De plus en plus triste.) Un oiseau encore, je ne discute pas, mais une fleur! Enfin, sacré nom de Dieu, je suis jardinier et les fleurs, je les connais!

La Duchesse entre.

LA DUCHESSE

Voyons, quelle mouche vous pique, monsieur Pique-mouvoche?

LE JARDINIER

Michevoupoque. (A la Duchesse.) On n'a qu'un nom, bien sûr, mais on y tient !

LA DUCHESSE

Je t'en prie, Eugène, trêve de balivernes ! Nous sommes seuls et personne autour. (Clignant de l'œil.) Alors, hein, vieux polisson, inutile de parler pour ne rien dire. Et n'oublie pas : ce soir, surprise-partie.

LE JARDINIER
(très las)

Hélas !

LA DUCHESSE

Comment ?

LE JARDINIER

Comme je le dis, madame la Duchesse, hélas ! (De plus en plus las.) Si vous croyez qu'il est gai, le sort du pauvre jardinier... Toujours grimper sur vous comme un lierre sur un vieux marronnier.

LA DUCHESSE

Un vieux marronnier !

LE JARDINIER

Oui, un vieux tronc... enfin, je ne sais pas, une vieille chèvre, si vous préférez.

LA DUCHESSE

Eh bien, à la bonne heure ! Ça m'apprendra à vouloir goûter aux amours ancillaires.

LE JARDINIER
(blessé)

Ancillaire vous-même! Sale vieille mauvaise herbe brûlée!

LA DUCHESSE

Ordure vulgaire! Vieux pauvre!

LE JARDINIER

Pauvre peut-être, grâce à vous, Duchesse... mais vieux, halte-là, mesurez vos paroles!

LA DUCHESSE

Soixante-huit ans, Eugène. Soixante-huit ans.

LE JARDINIER

Et toi? (Et soudain souriant.) Qu'est-ce que ça peut foutre, mauvaise grand-mère? Après tout, on a l'âge de ses artères.

A cet instant on entend très nettement le bruit désagréable d'une corde de violoncelle qui se brise. Le Jardinier s'écroule.

LA DUCHESSE
(ravie)

Encore un de moins! (Elle se penche, elle observe.) Rupture d'anévrisme, sans aucun doute.

Arrive alors Pervenche.

PERVENCHE

Tiens, mon grand-père qui dort...

LA DUCHESSE

Il ne dort pas, enfant. Il est mort.

PERVENCHE

Laissez-moi donc finir ma phrase. Je disais : Tiens, mon grand-père qui dort de son dernier sommeil.

LA DUCHESSE

Ne comptez pas sur moi pour lui offrir des fleurs.

PERVENCHE

Mais moi je suis une fleur, une fleur orpheline (montrant le corps) et encore plus maintenant. Une rose noire (souriante) ou un oiseau blanc. (Cessant de sourire.) J'espère que vous me laisserez emporter l'arrosoir de grand-père.

LA DUCHESSE

Pour quoi faire ?

PERVENCHE

Pour faire sur sa tombe la pluie et le beau temps.
Elle sort.

LA DUCHESSE
(écœurée)

Et ça s'appelle un oiseau ! Moi j'appelle ça une oie blanche. Avec ses grands yeux bleus... c'est vraiment dégoûtant. (On frappe.) Entrez !
Un fossoyeur entre (ou un croque-mort). Il tient à la main une ficelle.

LE FOSSOYEUR

Excusez-moi, je venais prendre les mesures du corps.

LA DUCHESSE

A la bonne heure ! Vous, au moins, vous êtes rapide.

LE FOSSOYEUR

Oui. Ne vous inquiétez pas, ce ne sera pas long.
Il s'approche d'elle et commence à prendre ses mesures avec sa ficelle.

LA DUCHESSE

Oh, voyons, vous êtes fou ! Qu'est-ce qui vous prend ?
Je croyais... (Elle montre le corps.)

LE FOSSOYEUR

Simple malentendu, madame la Duchesse. (Montrant le corps à son tour.) Je ne suis pas venu pour lui. C'est monsieur le Duc qui m'a envoyé... « La Duchesse ne va pas tarder ; une vieille lampe... » Voilà ce qu'il m'a dit : « Ouvrez très vite la porte en entrant, un courant d'air, un souffle, un rien et elle s'éteint. »

LA DUCHESSE

Quelle horreur !

LE FOSSOYEUR
(très simple)

Pour une horreur, vous en êtes une, c'est pas sujet à discussion.
Le Duc entre.

LE DUC
(enjoué)

Je voudrais bien savoir par où diable est passée la petite-fille du jardinier, une enfant merveilleuse, gaie comme un pinson, fraîche comme une rose. (Soudain il aperçoit le Fossoyeur.) Ah vous voilà, vous! (Puis, jetant un bref coup d'œil sur le corps du Jardinier.) Enfin me voilà veuf, (hochant la tête en souriant) c'est à n'y pas croire : on dirait qu'elle va parler.

LA DUCHESSE

Mais je parle!

LE DUC
(surpris)

Ah! (Désappointé.) C'est vous, amie. (Montrant le corps.) Excusez-moi, j'étais tout à fait persuadé...

LA DUCHESSE

Ne vous excusez pas, vous êtes myope comme une taupe.

LE DUC

Au royaume des taupes toutes les taupes... toutes les taupes... enfin toutes les taupes, je me comprends.. (Brusquement, montrant le corps.) Mais qui est-ce?

LE FOSSOYEUR

Le jardinier.

LE DUC
(à la Duchesse)

A cet âge-là, tu sais, (galant) une belle jardinière ou un vieux jardinier, enfin c'est du pareil au même.

LA DUCHESSE

Et toi, tu es si jeune!

LE DUC

Jeune, non, mais enfin solide comme le Pont Neuf.
Il met la main sur son cœur et s'écroule sur une chaise.

LA DUCHESSE

Comme le Pont Neuf, vous l'avez dit vous-même.

LE DUC
(d'une voix mourante)

S'il y avait un prêtre... j'aimerais bien, oui, bavarder
un peu avec lui, parler de choses et d'autres.

LA DUCHESSE
(radieuse au Fossoyeur)

Allez chercher l'Abbé.
L'Abbé entre.

L'ABBÉ

Inutile, je suis là.

LA DUCHESSE

Vous écoutiez à la porte?

L'ABBÉ
(très simple)

Au confessionnal, nous écoutons bien à la petite
fenêtre. Quelle différence? (S'approchant de la Duchesse et lui
passant très doucement la main sur l'épaule.) Vous vous sentez très
mal?

LA DUCHESSE
(suffoquée)

Vraiment, ce n'est pas la peine d'écouter aux portes.
(Montrant le Duc.) Mais c'est lui qui est au plus mal.

LE DUC

Hélas, la Duchesse a raison : je n'en ai plus pour longtemps.

L'ABBÉ

Nous en sommes tous là... à quelques années près, fort heureusement.

LE DUC
(à la Duchesse)

Dites-moi adieu, amie, et surtout pas au revoir !
Il s'écroule, tombe de sa chaise et reste couché près du Jardinier.

LE FOSSOYEUR
(hochant la tête)

Ce que c'est que de nous !

LA DUCHESSE
(bouleversée)

Nous ! J'espère que c'est une façon de parler !

LE FOSSOYEUR

Excusez-moi, ce n'était pas pour vous froisser, mais je vous assure que je ne parlais pas pour moi, parce que moi, j'ai beau entrer dans les quatre-vingt-quatre, sauf votre respect, je vous fous mon billet que je les enterrerai tous. (Il les montre.) D'ailleurs, je suis là pour ça. (Brusquement hurlant.) Tous !
Portant soudain la main à son cœur, il s'écroule à son tour.

LA DUCHESSE

Voilà ce que c'est que de parler trop tôt. (Rêveuse.) Enfin, encore un de moins.
Elle sourit, regardant l'Abbé qui se penche sur le Fossoyeur.

L'ABBÉ

Alors, mon fils ?

LE FOSSOYEUR
(à voix basse mais aussi mourante que celle des précédents)

Mon fils, ça c'est gentil !

LA DUCHESSE
(à l'Abbé)

Mais ça ne vous rajeunit pas, l'Abbé. (L'Abbé, sans répondre, reste courbé devant le corps du Fossoyeur et pousse soudain un cri terrible.) Qu'est-ce qui vous prend, l'Abbé ?

L'ABBÉ
(d'une voix déjà mourante un peu elle aussi)

Qu'est-ce qui me prend ? Qu'est-ce qui va me prendre plutôt et m'emmener ? (Éclatant en sanglots sans pouvoir se redresser et montrant d'un bras exténué les autres corps.) Quand je pense que, moi aussi, je vais être obligé de quitter cette vallée de larmes... (Il sanglote.) Si vous croyez que c'est drôle !

LA DUCHESSE

Voyons, l'Abbé ! (Mais soudain « aux petits soins ».) Voulez-vous un prêtre ?

L'ABBÉ

Un prêtre ?

LA DUCHESSE

Pardonnez-moi, j'oubliais à qui je parlais.

L'ABBÉ

J'aimerais mieux un médecin.

LA DUCHESSE

Où avais-je la tête? j'aurais dû y penser.
Un médecin entre. Il est très triste.

LE MÉDECIN
(à la Duchesse, et sans d'abord voir les corps)

Hier, le Duc m'avait demandé de venir vous voir. Il
était très inquiet. Vous vous sentez mieux?

LA DUCHESSE

Moi? Je ne me suis jamais si bien portée.

L'ABBÉ

Docteur...
Le Médecin aperçoit le prêtre, se précipite, lui prend le pouls, lui tâte les
yeux et, hochant la tête, se relève.

LE MÉDECIN

Trop tard! (Puis apercevant les autres corps.) Mais c'est une
épidémie!

LA DUCHESSE
(avec un grand geste)

Ils sont tous morts.

LE MÉDECIN

C'est bien ce que je disais : une épidémie, la mort.
(Soudain jovial.) La vie aussi est une épidémie, s'attrape de
père en fils ou de mère en fille, si vous préférez, c'est le

vieux médecin de la famille qui vous parle, en ce qui nous concerne, une sale maladie la vie, mais croyez-en ma vieille expérience : un seul remède, la chirurgie. (Il sort un rasoir de sa poche.) Il n'y a que cela qui ait fait des progrès...

Il se tranche la gorge et tombe.

LA DUCHESSE

Oh, mon tapis ! (Elle sonne, elle sonne, elle attend un instant, puis comme personne ne vient, se met à hurler.) Oh ! Je sonne et personne !

Un valet de chambre arrive enfin. Il est très dur d'oreille et, vu son grand âge, se meut avec difficulté.

LE VALET DE CHAMBRE

Madame a sonné ?

LA DUCHESSE

En voilà une question !

LE VALET DE CHAMBRE
(sans entendre)

Que madame la Duchesse me comprenne, mais je n'entends plus la sonnette. (Montrant son oreille d'un geste triste et qui en dit long.) Alors, je viens de temps à autre, au petit bonheur la chance. (Se redressant et s'inclinant.) Madame la Duchesse a sonné ?

LA DUCHESSE
(excédée, elle se penche et lui hurle dans le tuyau de l'oreille)

Mais enfin, Félicien, pourquoi me poser une question pareille ?

96

LE VALET DE CHAMBRE

Parce que c'est l'usage, madame la Duchesse (élevant péniblement la voix) et plutôt que de renoncer à l'usage, oh! j'aimerais mieux, oui, j'aimerais mieux... (d'une voix qui s'éteint, elle aussi, peu à peu) que madame la Duchesse me pardonne, mais j'aimerais mieux crever! (Il s'écroule à son tour et c'est d'une voix mourante qu'il continue à supplier la Duchesse.) Madame la Duchesse a-t-elle sonné? Oh, que madame la Duchesse me dise si elle a sonné! Cela sera pour moi un réconfort, un dernier mot d'espoir avant de m'en aller. (Et comme la Duchesse observe un méprisant mutisme, il insiste.) Madame la Duchesse a-t-elle sonné?

LA DUCHESSE
(haussant les épaules)

Non, je n'ai pas sonné.

LE VALET DE CHAMBRE

Oh! quelle affreuse erreur! Que madame la Duchesse me pardonne... j'étais entré sans frapper!

LA DUCHESSE

Enfin, sonné ou pas sonné... puisqu'il n'a rien entendu.

LE VALET DE CHAMBRE

Oh! je ne vais tout de même pas mourir comme ça! Que madame la Duchesse appelle l'aumônier. Je lui expliquerai que je suis dur d'oreille, il me comprendra et il m'absoudra.

LA DUCHESSE

Je regrette, Félicien, de vous contrarier mais l'Abbé est décédé... et comme nous n'avions que celui-là sous la main...

LE VALET DE CHAMBRE
(désespéré)

Décédé! (D'une voix de plus en plus basse.) Et il y a long-temps?

LA DUCHESSE

Cinq minutes à peine.

LE VALET DE CHAMBRE
(avec une lueur d'espoir dans le regard)

Cinq minutes? Bon, je le rattraperai en route.
Il meurt.

LA DUCHESSE
(souriante)

Encore un de moins! (Et désignant d'un geste las les morts allongés.) Et dire que j'attendais Du Monde!
Du Monde entre.

DU MONDE
(voyant le carnage)

Oh! mais c'est affreux, épouvantable, horrible, enfin que dire... et comment se taire! Et tellement inattendu, mais c'est à se trouver mal, oui, c'est à tomber raide et à mourir de peur!
Et Du Monde tombe raide et meurt de peur.

LA DUCHESSE
(regardant Du Monde les bras en croix allongé sur le sol).

C'était bien gentil à vous d'être venu, mais qu'est-ce que vous voulez !

Et comme elle va se regarder devant un grand miroir, elle aperçoit Pervenche qui, elle aussi, entre sans frapper.

PERVENCHE

Je viens pour l'arrosoir. Avez-vous réfléchi ?

LA DUCHESSE
(souriante)

Oui. Tout ce qui est ici est à moi. Vous tenez à cet arrosoir ? Je le garde. Si je vous le donnais, où serait mon plaisir (de plus en plus souriante) puisque vous en avez le désir ?

PERVENCHE

Je le dirai à mon grand-père.

LA DUCHESSE
(de plus en plus souriante, désignant le corps)

Il est mort.

PERVENCHE

Il fait peut-être seulement semblant.

LA DUCHESSE
(éclatant de rire)

Oh ! quelle absurdité !

PERVENCHE

Vous faites bien semblant d'être **vivante**.

99

LE JARDINIER
(levant la tête)

Ça, c'est envoyé! (Puis se levant tout entier.) Bien sûr,
enfant, j'avais fait semblant pour avoir la paix.

LA DUCHESSE
(très décontenancée)

Et les autres?

LE JARDINIER

Les autres, ils sont comme vous : ni tout à fait morts
ni tout à fait vivants. Ils s'abîment, ils s'en vont! Enfin,
c'est la liquidation!

PERVENCHE

Viens, grand-père! (Puis à la Duchesse.) Pour l'arrosoir,
vous pouvez le garder. D'abord, il est en or et trop
lourd à porter.

Pervenche entraîne son grand-père.

LA DUCHESSE

Oh! Je n'ai jamais vu de ma vie une petite fille si mal
élevée! (De plus en plus outrée, choquée.) Et ça s'appelle un
oiseau, et ça s'appelle une fleur!

PERVENCHE
(souriante)

Les oiseaux ne sont pas des anges.

LE JARDINIER

Les fleurs ne sont pas toutes des pensées.

LA DUCHESSE
(les regardant partir)

Sans-cœur ! (La Duchesse reste seule avec ses morts. Un chien entre.) **Ah ! te voilà toi !** (Le chien flaire les morts avec d'abord un peu d'horreur et puis bientôt beaucoup d'indifférence.) **La patte, Joli Cœur, la patte, Cœur Joli, et vite !**

Cœur Joli donne la patte à la Duchesse et s'enfuit. On entend la chanson de Cœur Joli qui, trottant sur trois pattes, s'en va retrouver le Jardinier et Pervenche, ses amis.

CŒUR JOLI

> La façon de donner
> vaut mieux que ce qu'on donne
> La faridondaine la faridondon
> la furie mondaine
> la folie sans dons...

La Duchesse agite machinalement la patte du chien, comme au cimetière le goupillon bénit, au-dessus des morts couchés sur le tapis. Le rideau tombe.

L'AMOUR À LA ROBOTE

Un homme écrit à la machine une lettre d'amour et la
    machine répond à l'homme et à la main et à la place
    de la destinataire
Elle est tellement perfectionnée la machine
la machine à laver les chèques et les lettres d'amour
Et l'homme confortablement installé dans sa machine à
    habiter lit à la machine à lire la réponse de la
    machine à écrire
Et dans sa machine à rêver avec sa machine à calculer
    il achète une machine à faire l'amour
Et dans sa machine à réaliser les rêves il fait l'amour à
    la machine à écrire à la machine à faire l'amour
Et la machine le trompe avec un machin
un machin à mourir de rire.

RUE STEVENSON

Le docteur Jonquille sur son petit vélo
s'en va voir sa belle
sa belle Isabelle
qui habite Meudon
Il a du lilas blanc sur son guidon
Sa belle Isabelle
qui habite Meudon
rue Stevenson
Soudain inquiet il se retourne
et voit derrière lui
un autre qui pédale aussi
et qui lui dit
Alors docteur Jonquille
on se croyait tout seul
sur son petit vélo
mais c'est un tandem
et tu n'en savais rien
Il se présente
Monsieur Hydeux
pour vous servir de double

Et le lilas se fane et devient gris
Une pancarte a beau affirmer
Défense de doubler
Monsieur Hydeux s'en fout
Il double
il ricane comme un petit fou
Et soudain voilà que tu ris
Docteur Jonquille
tu ris du même rire que lui
Pédalons monsieur Hydeux
Pédalons jusqu'à Meudon...

En route ils écrasent une poule
deux amiraux ou trois cochons
Soudain rue Stevenson
devant la porte on sonne
Isabelle ouvre la porte
mais c'est monsieur Hydeux qui entre
Le bon docteur court les routes
sans même savoir lesquelles
Isabelle pousse les cris du malheur
car monsieur Hydeux est tout nu
avec à la main le lilas déjà défunt
Il se précipite vers la belle
et l'entraîne vers le lit
en lui disant des mots
particulièrement orduriers
que le bon docteur Jonquille
comme le secret professionnel
gardait précieusement pour lui
Il casse la suspension

et donne à Isabelle
d'horribles petits surnoms
Soudain il se tait et pleure
et comme elle veut le consoler
il lui fout sa main sur la gueule
et lui conseille de se retirer
Pauvre monsieur Hydeux
il a peur du noir
et il voit que la nuit va tomber
Et quand la nuit arrive
son double à lui arrive aussi
et c'est d'une voix désespérée
qu'il dit tout bas Le voici...

Beau nègre tu surgis de derrière le rideau
comme le double noir de la boîte aux dominos
Pauvre docteur Jonquille
Pauvre monsieur Hydeux
Jeux de dominos jeux de quilles jeux de mains jeux de
    vilain
Ce n'est plus du Je
c'est du catch
et même de l'assassinat
Beau nègre le rasoir à la main
tu te penches sur la belle Isabelle
et tu souris de toutes tes dents
Tu te relèves elle est toute morte
et tu es tout rouge de son sang
Et toi homme rouge
double du nègre noir
soudain parti très brusquement

tu restes impassible et souriant
le rasoir à la main
comme un brave homme paisible
qui se demande seulement
où il a bien pu mettre le savon...

Et la belle Isabelle
est maintenant étendue
sur le grand tapis à fleurs
ornant le petit salon
Fleurs de tapis de sang rougies
vous vous épanouissez
on dirait que vous allez crier
Et comme il est triste
le pauvre lilas gris
affalé sur le guéridon
Et le nègre se débarbouille
mais d'un coup vieillit et blanchit
Son rasoir s'ébrèche
la maison se lézarde
Ça y est
mon double
je suis fait
Et s'il n'y en avait qu'un je pourrais encore m'en tirer
Mais le pauvre noir dans le noir voit arriver le double-
    crème le triple-sec et le demi-blonde mal tiré
Triste repas d'un condamné...

Docteur Jonquille qui tuas sans trop savoir pourquoi
    ta pauvre fiancée
tu as la tête dans les mains et te voilà bien avancé

Où en sont tes dernières volontés
un verre de stout une cigarette
et à quoi penses-tu maintenant
Je pense à la guillotine
Mais non docteur Jonquille
nous sommes en Angleterre
et ici on pend
C'est vrai où avais-je la tête
Mais vous l'aviez entre les mains
regardez donc quelques lignes plus haut
c'est écrit en toutes lettres
Le crime a eu lieu à Meudon
c'est une affaire entendue
(mauvaise affaire pour n'en pas dire plus)
mais vous avez été jugé en Angleterre
Oh qu'est-ce que j'ai été faire à Meudon
puisque je n'aimais pas Isabelle
simplement je me servais d'elle
pour avoir une belle clientèle
Et voilà le pauvre docteur Jonquille
hurlant tout seul dans sa cellule
Et puis ne parlons plus de corde
dans la maison de quelqu'un qui va être pendu
C'est Adèle que j'aimais
parfaitement Adèle
et comme c'est vrai
Adèle
où est-elle Adèle aujourd'hui...

Tu l'as connue dans un bordel
106 boulevard de la Chapelle

à Paris
un soir où tu vins soigner
un débardeur noir
qui venait de recevoir
trois ou quatre coups de rasoir
Et pendant que tu le soignais
il mourait tout doucement
et toi de temps en temps
tu revoyais Isabelle
et puis ta clientèle
Mais on revoit tant de choses au bordel
et tu ne regardais qu'Adèle
et ses fesses qui remuaient
sous son peignoir bleu ciel
Adèle
à qui tu promis un jour de l'emmener dans les bois de
    Meudon
Adèle la belle Adèle voyons
Adèle avec qui tu buvais le triple-sec la mauvaise bière
et qui te traitait de tous les noms
Adieu donc docteur Jonquille
je ne te dis pas au revoir
puisqu'on va te pendre
adieu donc malheureux imbécile
et paix à tes cendres.

COMME CELA SE TROUVE!

(Ballet)

Le décor représente une maison, un cimetière et un salon de thé.

— Oh, j'ai perdu ma femme! chante et danse le veuf, inconsolable, hilare et désolé, nerfs brisés et raccommodés.

— Mon mari m'a perdue! danse et chante la femme, la morte du vivant, souriante, indifférente, mais toujours aussi triste que dans son temps passé.

— Mon mari m'a perdue, qui jamais ne m'avait trouvée! Il n'a pas de quoi se vanter. Même si c'était lui qui m'avait perdue, aurait-il jamais pu me sauver?

Et ils dansent, du côté cour et du côté jardin, du côté cimetière, du côté salon de thé, ensemble et séparés, ensemble, comme ils dormaient, rêvaient et s'éveillaient, chacun de son mauvais côté.

Et même si la musique est belle, le ballet n'est pas gai.

DRÔLE D'IMMEUBLE

(Feuilleton)

Dans une chambre au sixième
un coquillage est posé sur la table
soudain il se met à chanter
L'homme est réveillé par le bruit de la mer
il voit le coquillage
il lui sourit
il veut le prendre avec les mains
mais le coquillage s'enfuit
Et l'homme assis sur son lit
regarde le réveille-matin
avec ses oreilles il entend la sonnerie
il secoue la tête pour chasser le bruit
mais la sonnerie continue
L'homme se lève
il est tout nu
un homme comme les autres sauf qu'il est bossu
Il ouvre la fenêtre
il se penche
il enjambe
il se jette

Un homme à la mer
dit le concierge en balayant le corps
Drôle d'immeuble
Le facteur sonne à l'entresol
il tient une lettre à la main
la porte s'ouvre
un barbu passe la tête
la lettre s'envole
Qu'est-ce que c'est demande le barbu
Rien dit le facteur une lettre
les écrits s'envolent les paroles restent
Ah dit le barbu
il ferme la porte et se rendort
et sa petite barbe sur le drap
c'est comme un gros rat angora
Drôle d'immeuble
Au quatrième sur la cour
un enfant joue avec des allumettes
et il met le feu à son père
Un peu plus tard la mère arrive
Ça sent le caoutchouc grillé
qu'est-ce que tu as encore fait
C'est rien
les bretelles à papa
Où est-il ton père
Je ne sais pas maman je ne sais pas
La mère cherche
et l'enfant fait semblant de chercher
Brave petit cœur
Soudain la mère voit le cendrier plein
C'est fou ce que cet homme peut fumer

ça coûte cher et ça ne sert à rien
Elle prend le cendrier
et dans la cuisine l'enfant la suit
Cendrier vidé dans la poubelle
délicieuse petite aquarelle
liquidation du paternel
Paix à ses cendres dit l'enfant
il me battait
Qu'est-ce que tu dis
Je te demande si je peux descendre
Pour quoi faire
Pour voir si des fois papa n'est pas resté au bureau de
    tabac
Va dit la mère
et l'enfant s'enfuit
Il glisse sur la rampe de l'escalier
et sous le porche il disparaît
Drôle d'immeuble situé boulevard Pasteur
C'est dans cet immeuble que
pieusement
demeure le pasteur Boulevard
Il paye régulièrement son loyer
au troisième sur la rue
et il élève des chiens enragés
Soudain on frappe
il ouvre
et recommencent les hurlements
Drôle d'immeuble
C'est monsieur Clapotis
l'homme qui a eu des malheurs
Et il engueule le pasteur

Ernest de ton prénom
Pasteur de ta profession
pourquoi élèves-tu des chiens enragés
pourquoi la nuit veux-tu les forcer à prier
pourquoi leur parles-tu en latin
quand ils ont envie d'aboyer
Laisse-les tranquilles
fous-leur la paix
Et le pasteur veut s'expliquer
mais Clapotis le voisin du dessus
regarde le pasteur en dessous
Et il crie
Ça va ça va je sais
je connais
il y en a qui élèvent des enfants
d'autres qui élèvent des poulets
ou des vaches
Moi j'élève la voix
et il recommence à gueuler
J'élève aussi des cochons d'Inde
Mais vous pouvez fouiller partout
partout
partout pasteur
puisque c'est votre métier
de fouiller dans les intérieurs
mais jamais vous ne les trouverez
je les élève avec du son
je gueule
plus je gueule plus ils grandissent
et quand ils sont grands ils s'en vont
à l'anglaise

comme la pomme
et des Indes quelquefois je reçois une carte
Carte postale
Cher papa
nous allons bien lettre suit
Signé Cochon numéro deux Cochon numéro trois
Mais la lettre ne suit pas
alors je grimpe sur la tour
et je gueule à l'ingratitude
et je miaule à la solitude
et plus je gueule plus ils se foutent de ma gueule
là-bas au Bengale dans les Indes
les sales petits cochons d'Inde
Mais on demande le pasteur pour un mariage
il s'excuse
se cure les oreilles prend son chapeau et s'en va
laissant là
le voisin du dessus
sang dessus dessous
et qui pleure
Drôle d'immeuble
C'est au quatrième qu'elle habite
la jolie petite Marguerite
mais son mariage ne se fera pas
et lorsque le pasteur
le sourire aux lèvres
pénètre dans l'appartement
il se trouve en présence de la vraie pâleur de cire
dont il est question dans tant de romans
Comme des factionnaires devant leur guérite
le papa et la maman

sont plantés devant Marguerite
et ils sont tout à fait blancs
et Marguerite plus blanche encore
berce dans la corbeille de mariée
un nouveau-né fraîchement mort
Drôle d'immeuble
L'homme qui s'est jeté par la fenêtre
en cherchant le bruit de la mer
c'était le père
enfin celui que la jeune fille aimait
On l'appelait Lagardère
parce qu'il était bossu
De son métier il était jardinier
qu'on disait
mais entre ce qu'on dit et ce qu'on sait
il y a un monde
c'est dans ce monde que le bossu vivait
Et le soir d'orage
un vrai soir d'orage avec foudre
tombant sur l'église
et traversant le verre à bordeaux
sans brûler les doigts du bedeau
la foudre quoi l'orage
pas la goutte militaire
la foudre bref
le soir d'orage où Marguerite vint
dans la chambre du bossu
quel beau soir vraiment
Chez le voisin du dessus parti on ne sait où depuis
    longtemps
il y avait un personnage tout noir

qui jouait du vas-y-voir
au fond d'une malle
dans les bas-fonds de l'appartement
Et le bossu reçut Marguerite la nuit
comme on reçoit le jour une lettre d'amour
Il n'osait pas la décacheter
Cependant
tendrement sournoisement rageusement
quelqu'un sur le palier
sanglotant les épiait
et par la porte par mégarde encore entrebâillée
couvait Marguerite des yeux
tout en la dévorant du regard
Quelqu'un c'était Azor
le chien modèle Azor
le modèle des chiens de la meute au pasteur
Le bi-bi le bi-en
le bien neu-neu
le bienheureux Za-Zor
comme l'appelait le grand sermonneur
qui devant l'Éternel était aussi un grand bégayeur
et qui aimait à préciser
Le bienheureux Azor
plus zu-zu
plus zu-main que le plus zu-zu
zumain des zumains
Il ne lui manque que
que la pa-pa
que la pa-role
di-di di-divine
bien entendu-du

Comment aurait-il pu savoir
le bienheureux pasteur Boulevard
que le malencontreux et mal content Azor
tout comme le bossu
portait Marguerite dans son cœur
et ailleurs
Bref
les deux soupirants
chacun sur une chaise
échangeaient des idées
dans l'obscurité
Oh disait le bossu
si j'avais une théière
et des petites cuillères
je vous ferais du thé
Il tournait autour de la théière
sans oser aborder le Grand Sujet
mais il n'y avait pas de théière
la conversation languissait
Alors il se mit à lui raconter
l'histoire d'un très ancien arrière-arrière-grand-père
    héréditaire
petit bossu dans la rue Quincampoix
Est-ce vrai qu'il va y avoir la guerre
aimez-vous les cravates à pois
Moi j'ai peur des souris
Et moi j'ai peur des rats
Comme ça se trouve
mon fiancé est barbu
jamais je ne pourrai l'aimer
c'est affreux une barbe

j'ai horreur des infirmités
Merci dit le bossu
Pourquoi
Pour rien
Et il se met à songer que malgré toutes les précautions
     prises
un jour elle saura
Toutes les précautions prises
Par exemple
se montrer toujours de face
donner de l'argent au concierge pour qu'il se taise
et porter un grand pardessus raglan
de coupe anglaise
Il souffre le bossu
il voudrait lui dire J'ai une bosse
aime-moi quand même
aime-moi autant
aime-moi davantage
Mais toujours sur les images
le Cupidon est joufflu
rarement bossu
Vous avez une belle voix dit Marguerite
surtout quand vous vous taisez
et elle rapproche sa chaise
La chaise grince
sa voix tremble
le bossu chante
et lui prend la main
Moi aussi Marguerite j'ai horreur des infirmités
comme on s'entend bien
Ils se touchent la main

118

et la foudre qui sans doute avait oublié quelque chose
la foudre revient
elle déshabille complètement Marguerite
pauvre petite
et ne laisse au bossu qu'un lambeau d'étoffe
juste de quoi lui cacher la bosse
Et le bossu hurle à l'amour
et le malheureux Azor à la mort
et le père Clapotis court dans les corridors
une carte postale à la main
Cochon d'Inde quatre-vingt-six
Drôle d'immeuble
Soudain il voit Azor
la gueule pleine d'écume
et de cris et de fleurs
et qui pleure
Et tout le malheur des pauvres chiens collés sous la
      pluie pleure avec lui
Drôle d'immeuble que je vous dis
Drôle d'immeuble
Le mariage est manqué
le pasteur perd sa journée
Mais la porte s'ouvre
et c'est l'entrée du fiancé
le barbu qui s'est fait beau
il a des fleurs à la main
mais elles sont beaucoup moins belles que celles du
      chien
Il est protestant le barbu
c'est pour ça que le pasteur
devait faire l'affaire du mariage

Vous ici dit Marguerite
n'avez-vous pas reçu ma lettre
Les écrits s'en vont les paroles restent
un jour vous m'avez dit Je t'aime
dit le barbu avec un sourire fringant
Soudain il voit la mère le père le berceau et l'enfant
et sa barbe tremble
et ses mains sont moites
Dans ma lettre
je vous disais vos quatre vérités
la première et les trois autres
Regardez de tous vos yeux si vous en avez assez pour
  voir
regardez dit Marguerite
couché sur les petites cuillères en vermeil
vautré sur les montres en or
l'enfant mort
Ce n'est pas vous le père
ni moi non plus
puisque je suis sa mère
alors n'en parlons plus
je vous le donne c'est mon cadeau de noces
Mais la porte s'ouvre une fois de plus
Drôle d'immeuble
Le chien entre
et d'un coup d'œil de chien
il réalise la situation
il laisse tomber ses fleurs sur le tapis
et comprend que tout est fini
Il n'est pas seulement fou de rage
ce bon chien de patronage

mais aussi d'amour de misère et de jalousie
Il bondit
et le voilà qui court autour de la pièce en hurlant
Il a un os dans la gueule
mais la viande de l'os gueule aussi
c'est la viande du barbu
Elle est attachée à l'os la viande du barbu
Il ne sait pas le nom de l'os
le barbu
mais il sait qu'il est à lui
l'os de sa jambe
de sa jambe à lui
Et l'os craque
et toute la viande
toute la tête du barbu craque avec lui
Et voilà que ça recommence
les cris
Drôle d'immeuble
Tiens-toi tranquille Azor
dit le pasteur
tu vas faire pleurer Notre-Seigneur
Mais Notre-Seigneur pour Azor
c'est un nom à coucher dehors
Pour moi aussi d'ailleurs
dit le facteur
qui entre en souriant
J'ai retrouvé la lettre
Il la tient à la main
et garde son képi sur la tête
Mais Marguerite
sur la pointe des pieds s'est sauvée

Elle monte quatre à quatre l'escalier
elle entre dans la chambre
où vivait celui qui s'est tué
Et le réveille-matin
le réveille de son amant
lui sonne sa dernière heure tendrement
Elle se jette à son tour
Un cœur à la mer dit le concierge
et il balaie le corps
Soudain les hurlements redoublent
le pasteur arpente la cour
de ses longues jambes effilochées
aboyant à la lune au soleil aux étoiles et à l'obscurité
Décidément
dit le concierge
ils sont tous enragés
Drôle d'immeuble
et si ça continue je vais déménager.

PETITE TÊTE SANS CERVELLE

C'est un vélo volé et secoué par le vent
un enfant est dessus qui pédale en pleurant
un brave homme derrière lui le poursuit en hurlant
Et le garde-barrière agite son drapeau
l'enfant passe quand même
le train passe sur lui
et le brave homme arrive en reprenant son souffle
contemplant sa ferraille
n'en croyant pas ses yeux
Les deux roues sont tordues
le guidon est faussé
le cadre fracassé
le lampion en charpie
et la bougie en miettes
Et ma médaille de Saint-Christophe
où est-elle passée
vraiment il n'y a plus d'enfants
on ne sait plus à quel saint se vouer
on ne sait plus que dire
on ne sait plus que penser

on ne sait plus comment tout ça va finir
on ne sait plus où on en est
vraiment

Quelle bande de ons
dit le garde-barrière en pleurant.

NUAGES

Je suis allée chercher mon tricot de laine et le chevreau
    m'a suivie
le gris
il ne se méfie pas comme le grand
il est encore trop petit

Elle était toute petite aussi
mais quelque chose en elle parlait déjà vieux comme le
    monde
Déjà
elle savait des choses atroces
par exemple
qu'il faut se méfier
Et elle regardait le chevreau et le chevreau la regardait
et elle avait envie de pleurer
Il est comme moi
dit-elle
un peu triste et un peu gai
Et puis elle eut un grand sourire
et la pluie se mit à tomber

LE BEAU LANGAGE

Sortie d'un lycée parisien.
Deux petits garçons se disputent.

L'UN D'EUX
(s'adressant à l'autre)

Parfaitement, moi je te le dis, si tu continues, je vais te casser la gueule !

LA MÈRE
(qui venait simplement chercher l'enfant)

Oh ! (Elle gifle le petit garçon et l'entraîne, saisie d'une ébouriffante indignation.) Des mots pareils, dans la bouche d'un enfant, mais c'est à ne pas y croire ! Où as-tu appris... Vraiment, c'est à se demander...

Un peu plus tard, le père, rentrant de son ministère, avec une grande indifférence questionne la mère.

LE PÈRE

Qu'est-ce qu'il a, le petit ? Il en fait une tête.

LA MÈRE

Ce qu'il a, il est puni et si tu pouvais seulement te douter pourquoi... une telle grossièreté... enfin, bref, je l'ai surpris à dire à un de ses petits camarades...

LE PÈRE
(déjà sévère)

Qu'a-t-il dit?

LA MÈRE
(à voix basse)

Il a dit, il a osé dire : je-vais-te-casser-la-gueule!

LE PÈRE

Oh! (Giflant l'enfant comme déjà l'a giflé la mère.) Grossier petit individu, je t'apprendrai la politesse, moi!
L'enfant hurle.

LE PÈRE

Tu vas me faire le plaisir de te taire! (Et comme l'enfant ne fait pas assez vite ce plaisir à son père, son père le gifle à nouveau.) Des mots pareils, d'une telle vulgarité... (Hochant douloureusement la tête.) Je vais te casser la gueule...

L'ENFANT

Me la casse pas, papa!

LE PÈRE

Petit imbécile! Je répétais seulement et douloureusement ce que tu as osé dire... et puis assez, hein, pour les vacances de Pâques inutile d'en parler et puis enfin tu iras te coucher sans dîner ou plutôt non, tu dîneras

127

avec nous. (S'adressant à sa femme.) Ça lui servira de leçon, l'un de mes meilleurs amis vient dîner ce soir, je l'en ai prié, tu sais, le commandant de Bonaloy (il secoue l'enfant), tu entends, quelqu'un de parfaitement bien élevé qui a fait son devoir, quelqu'un de très bien (secouant l'enfant), tu entends, le commandant... (de plus en plus grave) c'est une Gueule Cassée!

Et le père enferme l'enfant dans sa chambre jusqu'à l'heure du repas exemplaire.

Et le petit garçon en pénitence s'accoude à la fenêtre du modeste mais cossu entresol familial et jette un pauvre regard sur le mur d'en face où s'étale une engageante affiche de la Loterie nationale.

L'ENFANT
(lisant le texte publicitaire)

Ah les veinards, toujours les mêmes! Toujours les Gueules Cassées qui gagnent!

SOUVENIR

Vingt ans après cent ans plus tard
toujours les sordides mousquetaires
toujours les mêmes traîneurs de sabre
toujours les porteurs de bannière
Enfant j'ai vu sur une image
des hommes en robe noire avec un visage vert
debout autour d'un homme qui s'appelait Ferrer
Oh pauvres hommes vivants
comme vous avez de redoutables adversaires
toujours les mêmes sans un changement
de malheureux bourreaux
semblables à ceux d'avant.

J'ATTENDS

J'attends le doux veuvage
j'attends le deuil heureux

Il a mis en veilleuse ma lampe d'Aladin
il m'a appelée menteuse
et je ne disais rien

J'attends le doux veuvage
j'attends le deuil heureux

En entrant au bordel
il a retiré son alliance
et là il a choisi
une femme à ma ressemblance
Et puis de tous mes noms
et prénoms et surnoms
fébrilement il l'a insultée
et subitement il l'a fouettée
Avec moi il n'osait

Tu es ma chienne
ton seul nom c'est Fidèle
et pour moi fais la belle
Voilà ce qu'il lui disait

J'attends le doux veuvage
j'attends le deuil heureux

Et puis
il s'est jeté sur moi
comme sur sa pire ennemie
et il m'a embrassée
et il m'a caressée
et j'étais pleurait-il
tout l'amour de sa vie

J'attends le doux veuvage
j'attends le deuil heureux

Déjà mon amoureux
lave le sang du meurtre
dans les eaux de mes yeux.

OÙ JE VAIS, D'OÙ JE VIENS...

Où je vais, d'où je viens,
Pourquoi je suis trempée.
Voyons, ça se voit bien.
Il pleut.
La pluie, c'est de la pluie
Je vais dessous, et puis,
Et puis c'est tout.
Passez votre chemin
Comme je passe le mien.
C'est pour mon plaisir
Que je patauge dans la boue.
La pluie, ça me fait rire.
Je ris de tout et de tout et de tout.
Si vous avez la larme facile
Rentrez plutôt chez vous,
Pleurez plutôt sur vous,
Mais laissez-moi,
Laissez-moi, laissez-moi, laissez-moi, laissez-moi.
Je ne veux pas entendre le son de votre voix,
Passez votre chemin

Comme je passe le mien.
Le seul homme que j'aimais,
c'est vous qui l'avez tué,
matraqué, piétiné...
achevé.
J'ai vu son sang couler,
couler dans le ruisseau,
dans le ruisseau.
Passez votre chemin
comme je passe le mien.
L'homme que j'aimais
est mort, la tête dans la boue.
Ce que j'peux vous haïr,
vous haïr... c'est fou... c'est fou... c'est fou.
Et vous vous attendrissez sur moi,
vous êtes trop bons pour moi,
beaucoup trop bons, croyez-moi.

Vous êtes bons... bons comme le ratier est bon pour le
    rat...
mais un jour... un jour viendra où le rat vous mordra...
Passez votre chemin,
hommes bons... hommes de bien.

NOËL DES RAMASSEURS DE NEIGE
(Quand elle tombe à Noël)

Nos cheminées sont vides
nos poches retournées
ohé ohé ohé
nos cheminées sont vides
nos souliers sont percés
ohé ohé ohé
et nos enfants livides
dansent devant nos buffets
ohé ohé ohé

Et pourtant c'est Noël
Noël qu'il faut fêter
fêtons fêtons Noël
ça se fait chaque année
ohé la vie est belle
ohé joyeux Noël
Mais v'là la neige qui tombe
qui tombe de tout en haut
elle va se faire mal

en tombant de si haut
ohé ohé ého
Pauvre neige nouvelle
courons courons vers elle
courons avec nos pelles
courons la ramasser
puisque c'est notre métier
ohé ohé ohé

Jolie neige nouvelle
toi qu'arrives du ciel
dis-nous dis-nous la belle
ohé ohé ohé
quand est-ce qu'à Noël
tomberont de là-haut
des dindes de Noël
avec leurs dindonneaux
ohé ohé ého!

AU GRAND JAMAIS

A la grande nuit au petit jour
au grand jamais au petit toujours
je t'aimerai
Voilà ce qu'il lui chantait

Son cœur à elle lui battait froid
Je voudrais que tu n'aimes que moi

Il lui disait qu'il était fou d'elle
et qu'elle était par trop raisonnable de lui

Au grand jamais au petit toujours
au grand jour et à la petite nuit

Bien sûr
si je te dis je t'aime
je t'aime à en mourir

c'est un peu aussi pour en vivre
Et je ne veux pas dire que je n'aime que toi
que je n'aime pas partir
partir pour revenir
que je n'aime pas rire
et qu'à tes tendres plaintes je ne préfère pas ton sourire

N'aime que moi
dit-elle
ou alors ça ne compte pas

Essaie de comprendre

Comprendre ça ne m'intéresse pas

Tu as raison il ne s'agit pas de comprendre
il s'agit de savoir

Je ne veux rien savoir

Tu as raison
il ne s'agit pas de savoir
il s'agit de vivre d'être d'exister

Tout ça n'existe pas
je veux que tu m'aimes
et que tu n'aimes que moi
mais je veux que les autres t'aiment
et que tu te refuses à elles
à cause de moi

Terriblement avide
Est-ce ma faute je suis comme ça

Bon dit-il et il s'en va

Au grand jamais au petit jour
à la grande nuit au petit toujours

Ce n'est pas la peine de revenir

Elle a jeté les valises par la fenêtre
et il est dans la rue
seul avec les valises

Voilà maintenant que je suis tout seul comme un chien
        sous la pluie
puis il constate qu'il ne pleut pas
c'est dommage
c'est moins réussi
enfin on ne peut pas avoir tous les soirs une tempête de
        neige
et le décor n'est pas toujours dramatique à souhait
L'homme laisse tomber les valises
les chemises le rasoir électrique
les flacons
et les mains dans les poches
le col de pardessus relevé
il fonce dans le brouillard
il n'y a pas de brouillard
mais l'homme pense

J'abandonne les bagages je fonce dans le brouillard
Alors il y a du brouillard
et l'homme est dans le brouillard
et pense à son grand amour
et remue les violons du souvenir
et presse le pas parce qu'il fait froid
et passe un pont et revient sur ses pas et passe un autre
     pont
et ne sait pas pourquoi
Des hommes et des femmes sortent d'un cinéma où
     derrière une affiche il y a un prélat
Et la foule s'en va la lumière s'éteint le prêtre reste là

Qu'est-ce qu'il peut bien foutre derrière cette affiche ce
     prêtre-là

Comme l'homme le regarde le prêtre disparaît
mais passe de temps en temps la tête
comme le petit capucin de la petite maisonnette des très
     rustiques baromètres
une tête plate et livide comme une lune malade
comme un trop vieux blanc d'œuf sur une assiette très
     sale
Et puis après tout
qu'est-ce que ça peut me foutre
Ce cinéma
c'est peut-être sa boîte de nuit
à ce prêtre

Mais le prêtre pousse un petit cri
comme une petite femme qu'on égorge
comme un petit caniche qui meurt
Dans les brouillards de Londres
en plein Paris la nuit
l'homme s'enfuit

Au grand jamais au petit toujours
poursuivi par son grand amour.

À QUOI RÊVAIS-TU?

Vêtue puis revêtue
à quoi rêvais-tu
dévêtue

Je laissais mon vison au vestiaire
et nous partions dans le désert
Nous vivions d'amour et d'eau fraîche
nous nous aimions dans la misère
nous mangions notre linge sale en famine
et sur la nappe de sable noir
tintait la vaisselle du soleil
Nous nous aimions dans la misère
nous vivions d'amour et d'eau fraîche
j'étais ta nue propriété.

CONFIDENCES D'UN CONDAMNÉ

Pourquoi on m'a coupé la tête?

Je peux bien le dire maintenant, tout s'efface avec le temps.

C'était si simple, vraiment.

J'étais allé passer la soirée chez des amis mais il y avait beaucoup de monde et je m'ennuyais. A cette époque j'étais un peu triste et j'avais facilement mal à la tête.

Cette atmosphère de fête m'irritait et me fatiguait. Je pris congé. La maîtresse de maison me prévint que la minuterie était détraquée et que l'ascenseur était en panne lui aussi.

— Je peux vous faire un peu de lumière, attendez.

— De la lumière, vous plaisantez, lui dis-je, je suis comme les chats, moi, je vois clair la nuit.

— Vous entendez, dit-elle à ses amis, il est comme les chats, c'est merveilleux, il voit clair la nuit.

Pourquoi avais-je dit cela, une façon de parler, une phrase polie et qui se voulait spirituelle, dégagée.

Je commençais à descendre péniblement les premières

marches de l'escalier et les petites barres de cuivre du tapis faisaient un bruit curieux sous mes pas qui glissaient.

J'étais dans une si noire obscurité que j'eus d'abord envie de remonter et d'appeler.

Je fouillais d'abord mes poches, mais vainement, pas d'allumettes.

Je m'assis et réfléchis, à quoi, je ne sais plus, j'attendais peut-être que quelqu'un vînt à mon secours sans, bien entendu, savoir ou deviner que j'avais besoin d'aide.

Me relevant péniblement et ne trouvant pas la rampe, je me heurtais violemment contre un mur et me mis à saigner du nez.

Cherchant dans mes poches un mouchoir, je mis enfin la main sur une boîte d'allumettes avec, fort malencontreusement, une seule allumette dedans.

Je l'allumai avec d'infinies précautions et, cherchant une nouvelle fois la rampe, j'aperçus d'abord dans un miroir, sur le palier de l'étage où je m'étais arrêté, mon visage couvert de sang.

Et ce fut à nouveau l'obscurité.

Je me trouvais de plus en plus désemparé.

Soudain, étendant au hasard, à tâtons, la main, je touchai un serpent qui se mit à glisser.

Charmante soirée.

Ce serpent, c'était tout simplement la rampe que par bonheur j'avais retrouvée et qui rampait doucement sous ma main qui venait d'essuyer mon visage si stupidement ensanglanté.

Je me mis alors à rire : j'étais sauvé.

Et comme je descendais allègrement mais prudemment, je fus tout à coup renversé par quelqu'un ou quelque chose qui, à toute vitesse, lui ou elle aussi, descendait en même temps qu'une petite flamme, sans aucun doute celle d'un briquet.

Me relevant encore une fois, je marchai à nouveau dans le noir, mes deux mains devant moi.

Ces deux mains rencontrèrent le mur et le mur céda...

Ce n'était pas le mur mais une porte entrouverte.

Soudain de la musique et de la lumière venant des étages supérieurs !

Sans aucun doute des invités qui, à leur tour, descendaient et que la maîtresse de maison accompagnait, un flambeau à la main.

Vraiment, je ne savais où me mettre et ce n'était pas une façon de parler ; aussi, profitant de cette porte pour me dissimuler, je pénétrai plus avant, quand tout à coup, dans la lumière qui grandissait, je découvris un corps étendu à mes pieds.

C'était le corps d'Antoinette.

Elle était là, couchée, les yeux ouverts, la gorge aussi.

Antoinette avec qui j'avais vécu si longtemps et qui, le mois dernier, m'avait abandonné.

Antoinette que j'avais suppliée, que j'avais même menacée.

Je ne pus retenir un cri.

De terreur, ce cri et de stupeur aussi.

La maîtresse de maison, les invités se précipitent, des portes s'ouvrent, d'autres lumières bientôt se mêlent à la leur, portées par d'autres locataires déshabillés, terrorisés et blêmes.

Beaucoup de temps déjà s'était écoulé depuis que j'avais pris congé et j'étais là, muet et couvert de sang, hagard comme dans les pires histoires.

Près du corps de mon amie perdue et — en quel état — retrouvée, sur le parquet, une lame luisait comme un morceau de lune dans un ciel étoilé.

Dans chaque main tremblante une lumière bougeait.

Présence inexplicable ou bien trop expliquée.

Vous voyez d'ici le procès : le pourvoi rejeté, le petit verre, le crucifix à embrasser et encore comme une lune, le couperet d'acier.

Que voulez-vous, mettez-vous à ma place. Que pouvais-je dire, que pouvais-je raconter ? J'avais passé un trop mauvais quart d'heure dans les mornes ténèbres de ce noir escalier et j'avais eu la folle imprudence d'affirmer : je vois clair la nuit, moi, je suis comme les chats.

Qui m'aurait cru alors et sans me rire au nez ?

Oui, j'en suis sûr, on m'aurait ri au nez pendant de longues, de trop longues années à mon gré.

J'ai préféré me taire plutôt que d'être ridiculisé.

THE GAY PARIS

(Chronique théâtrale)

Hier soir, au nouveau Vieux-Colombier, nous étions quelques-uns et non des moindres à nous réjouir de l'accueil fait à *Ariane Masseur* de Gabriel Marcel Prévôt des Marchands de sable à endormir le spectateur.

Peu nous importait, à nous autres insomniaques, les soupirs artificieusement prolongés, les bravos ironiques, les ronflements refoulés et camouflés en rires étouffés.

Ce n'était que les signes mêmes, et combien révélateurs, de la mauvaise conscience de ceux qui vont au théâtre pour « se distraire », comme si depuis des siècles le théâtre n'était pas un temple et la distraction l'exclusif privilège des savants dignes de ce nom.

Accueil qui se voulait de glace mais n'était que de gêne car tous sentirent comme nous, mais la plupart sans oser se l'avouer, que nous étions, comme d'habitude, en présence d'un nouveau chef-d'œuvre.

Et ce chef-d'œuvre était d'une si palpitante vacuité et d'une si morne, si blême et si vacillante néo-sénilité que nous éprouvions à peine le désir d'applaudir tant nous étions comblés.

Est-ce qu'on applaudit à l'église pendant l'élévation !

Pourquoi applaudirait-on au théâtre, quand on se trouve en présence de l'ineffable et indéniable sérénité du génie qui se garde d'élever la voix plus haut que les idées.

Pas un coup de théâtre, mais nous étions frappés, et ces quatre actes se déroulaient avec une rigueur si apparemment peu spectaculaire et une vigueur si virilement mais pudiquement dissimulée que parfois les acteurs semblaient être sur le point de se trouver dépaysés.

Mais pas le plus furtif appel à la boîte à souffleur, simplement un regard vers les Hauts Lieux où seul souffle l'Esprit.

Alors, et à l'instant même, la hautaine et presque immobile machine dramatique se remettait en marche schizophrénétiquement, et la fastidieuse, mais voulue telle, apparente inertie de l'édifiante et audacieuse intrigue faisait jaillir dans la lumineuse pénombre de l'ambiguïté une nouvelle et fière réponse au tragique et lancinant problème de l'adultérinité.

Pendant les entractes, alors que d'aucuns, pourtant sûrs de l'impunité, osaient à peine se permettre de faire semblant de sourire, nous autres nous échangions un regard qui en disait long.

Et plus tard, après la « fête », oubliant l'heure, le nom des rues, le temps, l'espace, et la pluie qui tombait et autres superfétatoires matérialités, échangeant nos impressions, nous marchions.

— C'était fort minable!

— Oh combien!

— Et, à cause de cela même, d'une indicible intensité!

— Mais un peu existentielle, il faut se l'avouer.

— Peut-être, mais tellement chrétienne avant tout!

— Cela, je vous l'accorde, chrétienne jusqu'au bout des ongles rongés.

— Quelle statufiante et salubre soirée!

— Ah! le voilà bien le parfait nouveau réalisme des idées!

— Eh oui, la vie même, la vraie...

— ... la nôtre, si dure à vivre mais si belle à penser.

— Et que l'homme est petit quand le théâtre est grand!

— Tout à fait exact, tenez, moi qui me suis si consciencieusement mais si magistralement ennuyé, parfois je me suis senti chez moi, en famille, à la maison.

— Quelle leçon pour la télévision!

(Intérim)

ART ABSTRUS

Désagréablement surpris de vivre
à peine satisfait de ne pas être mort
jamais il n'adresse la parole à la vie

Il y a une nuance entre dire et demander merci

Et la tête entre les mains et les pinceaux tout prêts mais
la couleur si loin
debout devant son chevalet de torture picturale il se
regarde et s'observe dans le miroir de la toile où la
mygale de la mégalomanie tisse et retisse à l'infini
la décalcomanie logogriphique de ses spéculations
esthétiques

*Abstraire une vache pour en tirer du lait et tirer de ce lait le portrait
d'un brin d'herbe que la vache a brouté*

Pourtant

des tournesols de fer voltigent en Provence dans les jardins de Calder

pourtant sous la pluie

contre un poteau télégraphique un vélo de Braque dit merci à l'éclaircie

pourtant Claude et Paloma Picasso ne prennent pas la peine de pousser le cadre pour sortir tout vivants du tableau

pourtant la bohémienne endormie rêve encore au douanier Rousseau

pourtant des éclats de soleil blessent encore l'oiseau tardif des paysages de Miró

pourtant à Florence

cette haleine de fleurs peintes entre les lèvres de la bouche d'un visage de Botticelli

a toujours le même parfum que le printemps de Vivaldi

pourtant aujourd'hui

en pleine lumière d'Antibes

dans une galerie d'art à Paris

l'enfant du sang des songes

frémissant et meurtri

devant une toile de Nicolas de Staël

chante sa fraternelle ritournelle

La mort est dans la vie la vie aidant la mort

la vie est dans la mort la mort aidant la vie.

FASTES DE VERSAILLES 53

(Nostalgie du Grand Siècle tam-tam
Te Deum ballets et bouts-rimés)

Le roi sommeille et se retrouve, par enchantement dans un grand cirque
de la Rome antique.
Des gladiateurs passent dans cet ancien temps.

LES GLADIATEURS

Ave Cæsar! Ceux qui vont mourir te saluent!

LE ROI

Qu'auraient-ils de mieux à faire!
Des lions arrivent.

LES LIONS

Salut, Cæsar!

LE ROI

Salut, mes lions!
Des chrétiens arrivent à leur tour, à leur mauvais tour pour plus ample
précision.

UN LION
(les désignant au roi, d'une patte dédaigneuse)

Ceux qui vont mourir te saluent!

LE ROI

A la bonne heure, les protestants !

UN COURTISAN

Non, Sire, les chrétiens !

LE ROI

Dommage !
Enfin, la plus grande et la plus belle Histoire, à part la mienne, ne peut pas aller plus vite que le moulin et puis nous ne sommes pas ici pour discuter le droit romain.

CHŒUR DES CHRÉTIENS

Quel beau jour, quel touchant spectacle,
tressaillant d'amour et de bonheur
Jésus sort de son tabernacle
et s'avance en triomphateur...

LE ROI
(mêlant magnanimement sa voix à celle du chœur)

... et s'avance en triomphateur !

Il s'avance au milieu du cirque où les lions, les gladiateurs, les chrétiens, tout en se tuant, se dévorant, se signant en chantant, s'effacent devant lui.
Un gladiateur tend alors vers le monarque, à bout de bras, sa tête coupée.

LA TÊTE

Ave Cæsar ! Ceux qui sont morts ont le plaisir de te saluer encore !

Le roi, réveillé en sursaut par cette voix de stentor, voit le cirque s'effacer et les murs de sa chambre royale s'avancer autour de son lit.

LE ROI
(avec un enfantin chagrin)

Oh! mes lions qui sont partis!

UN COURTISAN

Peut-être, Sire, mais les protestants sont toujours là!

Quelques instants plus tard, après la garde-robe ostentatoire, le roi tout en procédant à sa toilette écoute distraitement un petit ballet de Lulli.

Petit ballet de la famine où des paysans insouciants, virevoltant, mangent en souriant les racines du théâtre de verdure où l'on a planté le décor.

LE ROI

Léger, aérien, ravissant mais je préfère mes lions, en vérité! (Et de plus en plus magnanime.) Eh bien, puisque Nous n'avons pas de lions sous la main, Nous décidons de donner nos protestants aux dragons!

Le rideau tombe sur les Cévennes et la musique de la garde républicaine joue « Salut, salut à vous, braves soldats du xviiᵉ siècle ».

Quelques minutes d'entracte avant de céder la place à un merveilleux feu d'artifice, l'Incendie du Palatinat.

LE GRAND FRAISIER

Derrière un mur de triple verre
au grand musée des machines
dans un petit bloc de glace
une fraise des bois est exposée
le monde entier s'écrase pour contempler cette fraise
des barèmes disent la hauteur de l'arbre qui donnait de
    ces fruits

Trois cents mètres

A côté de la fraise
des fragments de cet arbre
des écrous
enfin des graines
Tout petit cet arbre
le grand naturaliste Eiffel
l'avait rapporté à Paris dans son chapeau
Et l'on peut voir aussi le chapeau du savant
un cylindre de fer appelé tuyau de poêle
vestiges des temps anciens miraculeusement retrou-

vés après des siècles de fouilles dans le très ancien
Champ-de-Mars où s'élevait le dernier arbre
le grand fraisier
dont le fruit était si utile aux dentistes de cette époque
arriérée
Arbre que les anciens ont appelé arbre de transmission
de la vie et de la mort

Dans une autre salle du musée
les carrosses de la même époque
avec des dessins représentant astucieusement des hippocampes
et de nouveaux barèmes indiquant le nombre de ces
animaux
Vingt-deux chevaux
quarante chevaux etc.
Note
Les hippocampes étaient enfermés sous une capote à
cause de l'eau capote que les anciens au langage
très vite avaient baptisée capot

C'était l'époque où les ruines d'un Cœur Sacré bâti par
Le Corbusier sans aucun doute une des dernières
machines à prier et édifiée par les prêtres-ouvriers
étaient sans cesse visitées par les touristes de
toutes contrées

Sans aucun doute en Afrique l'époque heureuse des
grandes oasis macadamisées venait à peine de
commencer.

(XXVe siècle après J.-C.)

ET QUE FAITES-VOUS, ROSETTE
LE DIMANCHE MATIN?

LA PETITE BONNE

Le dimanche matin on fait l'amour
et parfois il y a la radio
et le dimanche matin à la radio
il y a souvent la messe

Dimanche dernier
il y avait un sermon
sur la concupiscence
Bien sûr nous entendions des voix
des voix qui nous disaient
Allô allô n'écoutez pas l'écoute
ces voix c'étaient les nôtres
mais nous avions aussi envie de rire
et nous n'avons pas tourné le bouton
Concupiscence
Quel beau mot disait le sermonneur
et qui évoque tant de choses

Le mot conque

le nom du coquillage que l'on porte à l'oreille pour
    entendre le bruit de la mer

le mot huppe

le nom de cet oiseau aux mœurs sauvages mais fami-
    lières

le mot Is

le nom de la ville engloutie dans les flots et sans aucun
    doute par la colère divine

le mot Hans

sans aucun doute non plus le nom d'un marin qui avait
    commis le péché causant ainsi la disparition de la
    ville en question

D'ailleurs le mot anse évoque aussi l'anse du panier
    qu'autrefois les petites bonnes n'hésitaient pas à
    faire danser et même (petit rire libre et primesau-
    tier) l'anse du récipient qui faisait tant rire autre-
    fois il faut l'avouer un peu audacieusement les
    gens bien pensants

Et il répétait en pesant ses mots avec un plaisir plein de
    lenteur et de persévérance

Con-cu-pis-cence

Il parla aussi d'autre chose

nous conseillant d'aller à confesse

pour éviter le concubinage

et

nous apprit qu'on appelait autrefois concuré

le prêtre exerçant la charge de curé

concurremment avec d'autres abbés.

DE VOS JOURS

I

Concomitamment la muture concraite et la peinsique
    abstrète
vous donnent les belles couleurs de l'amateur et le bon
    ton du mélomane distingué.

II

Ils font d'abord la sourde oreille
et puis l'œil aveugle
et puis les bras manchots
Un peu plus tard
comme la musique par d'autres est appréciée estampil-
    lée consacrée et reconnue d'utilité musique
alors ils applaudissent la musique
frénétiquement rageusement
comme s'ils fessaient un enfant.

LE SALON

(Ballet)

C'est l'été.

Un terrassier ivre de joie de vivre, tout simplement, danse sur un trottoir.

Il fait beau, c'est le soir et le goût du bonheur et le désir d'amour lui font oublier l'heure.

Est-ce sa jeunesse qui le fait danser ou bien lui qui fait danser sa jeunesse pour lui faire oublier la fatigue du chantier, on ne sait.

Soudain, il s'arrête net devant la porte d'un bel hôtel particulier.

Sous le porche, une lanterne au dernier goût du jour, piquante vulgarité très Saint-Germain-des-Prés, d'une lumière un peu rouge éclaire l'entrée.

Le terrassier cligne de l'œil du connaisseur devant cette engageante et clignotante lueur.

Un souvenir tout simple caresse sa mémoire : fées nues, déesses intéressées mais si faciles à aimer, à caresser.

Il franchit le porche, très à l'aise, comme chez lui.

Des loufiats aux mollets gainés de blanc le laissent passer un peu surpris, mais ils en ont vu d'autres et peut-être qu'on donne ici ce soir aussi un bal travesti.

Des invités en habit et robe du soir ou en impeccable négligé entourent le maître et la maîtresse de maison.

La maîtresse de maison est belle et le maître de maison assez singulièrement beau garçon.

Tout le monde boit du champagne.

Les dames sont très décolletées, c'est-à-dire aux trois quarts nues, enfin le plus possible.

Le terrassier qui est beau, comme elles sont belles, ne passe pas inaperçu.

— C'est vraiment du tonnerre, cet audacieux débraillé ! dit une très charmante poupée, déshabillée à ravir par un très grand couturier.

Le terrassier s'assoit et fait son choix.

C'est-à-dire que, buvant un verre, il fait signe au loufiat qui le sert, désignant celle sur qui il a jeté son dévolu : la maîtresse de maison.

Le loufiat s'éloigne sans comprendre et la maîtresse de maison, très occupée, n'a même pas vu le terrassier.

Mais le maître de maison, lui, tout de suite l'a remarqué.

Il s'avance vers lui, élégant, minaudant, primesautier et, profitant de l'atmosphère de fête et du brouhaha général, s'assoit sur ses genoux et le prend par le cou en toute intimité.

Le terrassier se lève et le maître de maison tombe.

— Chatouillez la cariatide sous les bras et le monument s'écroulera, dit le terrassier hilare, histoire de faire rire le monde.

Et les invités en dansant répètent ce mot charmant.

Curieuse, surprise et amusée, la maîtresse de maison s'approche.

Le terrassier l'examine de très près, la palpe, la retourne et déçu hoche la tête.

Mais la maîtresse de maison veut à tout prix danser avec ce surprenant invité clandestin et qui est à vrai dire le clou de la soirée.

Résigné, il danse avec « la patronne » parce que ça se fait et comme elle est un peu ivre, perdant toute retenue, elle danse comme on rêve, elle danse à la dérive, rivée au clou de la soirée comme la riveuse à son rivetier.

Le maître de la maison, horriblement jaloux et non seulement de sa femme, trépigne, appelle « ses gens » puis soudain se calme et, soucieux d'éviter le scandale, les renvoie en baissant la voix puis dansant, léger, devant un miroir met un peu d'ordre dans sa toilette avec un petit sourire légèrement chiffonné.

Le terrassier, tout en dansant, le regarde faire, amusé.

Soudain, il découvre dans le miroir l'image d'une camériste qui doucement, un plateau à la main, traverse le salon.

Elle est noire et très belle, belle de partout, noire de Bahia ou de Harlem.

Le terrassier se précipite, abandonnant sa cavalière, renverse le miroir, le plateau et les verres, et fait danser la belle.

Ils oublient tous deux le salon, ils oublient le décor : alors le décor change.

Et ils dansent où ils veulent, sous un ciel étoilé pour eux seuls, ils dansent l'amour qu'ils veulent auprès d'un lit défait et le rideau retombe, épais, lourd et discret.

À ALPHONSE ALLAIS

A cette époque c'était la paix c'est-à-dire la guerre
    ailleurs et la vie du plus pauvre avait de la valeur
Le pain avait le goût du pain
le vin avait le goût du vin
et la tristesse parfois avait encore le goût du rire
La vitesse était neuve et douce
de grands chevaux-vapeur attelés aux trains omnibus
    faisaient diligence de Honfleur à Paris de Paris à
    Honfleur
A cette époque Alphonse Allais jouait avec la vie
    comme le chat avec la souris et la vie jouait avec lui
    comme la Fourrière avec le chien la mort aux rats
    avec le rat le militaire avec sa vie
Alphonse Allais jouait avec la vie
comme l'enfance avec la connerie
A son berceau la fée d'Honfleur lui avait cérémoniale-
    ment demandé
Seras-tu sérieux
Alphonse Allais
Jamais madame

Jamais
avait répondu l'enfant à la fée
C'est grave c'est très grave tu sais
avait dit la fée en claquant la porte
Je sais
je sais et que le bon Dieu vous emporte chère fée
L'enfant savait

Un peu plus tard adolescent derrière les bocaux de
    couleur de la pharmacie de Honfleur
il riait dans la barbe des gens
et quand la barbe de ces gens bien élevés et bien
    pensants se hérissait et se hérissonnait
le fou rire alors l'emportait
et il se laissait emporter frémissant
à la gare Saint-Lazare où l'âge d'homme l'attendait

Voyages
douleurs divertissements
Plages de Paris la nuit
les filets du souvenir séchaient à la terrasse des cafés
et le vieil enfant de la Pharmacie
sur le sable
dans la sciure mouillée
traçait du bout de sa canne
les plans d'un univers cocasse cruel et vrai
Univers salé
univers d'Alphonse Allais ce petit univers tendre et
    désordonné d'une logique intense jamais désar-
    çonnée

A peine entendue à peine écoutée la musique d'Erik
    Satie l'accompagnait
Traçons à notre tour
sur le sable mouillé
traçons en signe d'amitié
un monument momentané à Alphonse Allais
comme une falaise de craie
en souvenir de la mer
tracée sur l'ardoise d'un café
Élevons ce monument à la mémoire d'Alphonse Allais
gentil garçon de cage de la grande ménagerie
où les Fauves humains savants et cultivés
se dévorent à belles dents horrifiées et cariées
Monument forain et acrobatique où chaque acrobate
    dûment stylé représente une pièce détachée de la
    pyramide humaine élevée à Alphonse Allais
    Premier acrobate :   la côte d'Adam
    deuxième acrobate (plus
        petit) :   la pomme d'Adam
    troisième :   la cuisse de Jupiter
    quatrième :   le talon d'Achille
    cinquième :   la verge de Moïse
    sixième :   le cou-de-pied de Vénus
    septième :   le foie de Prométhée
    huitième :   le sacré cœur de J.-C.
    neuvième :   la tête de Méduse
    dixième :   les oreilles de Midas
    onzième :   la langue d'Esope
    douzième :   le nez de Cléopâtre
    treizième :   la queue de Lucifer
    quatorzième :   le doigt de Dieu

Ce doigt remuant menaçant donne un petit faux mouvement perpétuel à l'ensemble du monument

Le numéro terminé tout le monde sautera à terre et s'enfuira en poussant des cris

et cela toujours sur la musique d'Erik Satie

Et nous reconnaîtrons dans l'assistance Jack l'Éventreur Ivan le Terrible Bernard l'Hermite Guillaume le Taciturne Louis le Débonnaire Alexandre le Grand Charles le Téméraire Roger la Honte Raymond la science Pierrot les Grandes Feuilles Robert le Pieux Rosa la Rose Jalma la Double Montluc le Rouge Valentin le Désossé Fanfan la Tulipe Laniel le Bœuf et Olivier le Daim Nabot Léon premier Nabot l'Aiglon deux Napo Léon trois et Tutti Quanti.

LA FAMILLE TUYAU DE POÊLE
OU
UNE FAMILLE BIEN UNIE

PROLOGUE

Un acteur en habit se présente devant le rideau baissé et s'adresse au public en ces termes :

Mesdames, Mesdemoiselles, Messieurs.

Aujourd'hui, à Paris, le Théâtre, le grand, le vrai, le Théâtre d'Idées est, qui pourrait le nier, non seulement d'une telle élévation de pensée mais encore d'une si scabreuse et si audacieuse, bien que fort édifiante, ambiguïté qu'il ne nous était guère possible de ne pas, ici même, à la Fontaine des Quatre-Saisons, relever le flambeau, de ne pas laisser tourner, à notre tour, l'ambivalente girouette de la fatalité dans les vents et les nuées et les raz de marée des ouragans secrets cachés et inavoués de la futilité.

Aussi, nous osons espérer que vous ne nous tiendrez pas rigueur de représenter devant vous un spectacle par trop affligeant, accablant, déprimant et parfois désespérant.

Nous estimons, nous aussi, que de nos jours, il vaut mieux pleurer que rire : c'est une façon de se distraire plus salutaire, plus austère, plus tonique et plus vraie.

Le décor représente le salon d'un avocat parisien. Nous avons choisi ce décor après avoir longuement hésité. Enfin, il nous est apparu que, l'acte se déroulant pré-ci-sé-ment dans le salon d'un avocat parisien, de lui-même, le décor d'un salon d'avocat à la Cour et parisien s'imposait.

Dans ce salon, vous verrez s'affronter des âmes en peine et des corps en détresse.

Donnez-vous la peine d'entrer dans le domaine des Idées.

LE RIDEAU SE LÈVE

La scène représente un studio. Portes et fenêtres. Meubles et bibelots.

Un ouvrier, coiffé d'un béret basque et vêtu d'un impeccable bleu de travail, s'affaire auprès d'un radiateur, tout en sifflotant un petit air alerte et entraînant.

Entre alors le maître de maison qui porte un très sobre mais très élégant veston d'intérieur.

Il jette un regard agacé vers le plombier. Le regard de quelqu'un qui attend quelqu'un et qui se trouve dérangé.

Écartant le rideau de la fenêtre, un très léger rideau de mousseline, il regarde dans la rue, revient sur ses pas.

Apercevant une fleur dans un vase, il la prend, la met à sa boutonnière, se regarde dans un miroir puis, voyant le vase vide, trouve que cela fait mauvais effet, remet la fleur dans le vase et choisit un livre dans la bibliothèque.

LE MAÎTRE DE MAISON
(lisant à haute voix)

Nous aurons des lits pleins d'odeurs légères
Des divans profonds comme des tombeaux...

Mais le plombier persistant à siffler son air alerte et entraînant, il interrompt sa lecture et interpelle le gêneur :

Vous en avez pour longtemps ?

168

LE PLOMBIER
(béat, avec un sourire d'une incommensurable bonne volonté)

Je termine à l'instant.

LE MAÎTRE DE MAISON
(reprenant sa lecture)

Nous aurons des lits pleins d'odeurs légères...

LE PLOMBIER
(hochant la tête d'un air désapprobateur)

Oh! des lits pleins d'odeurs légères! (Puis il quitte la pièce en soupirant.) Je passe maintenant à la cuisine qui est, il faut l'avouer, en fort mauvais état.

LE MAÎTRE DE MAISON
(reprenant son livre et le cachant derrière son dos, il tâche de réciter par cœur le texte déjà lu et relu tant de fois)

Nous aurons des lits, des divans,
des lits profonds, des odeurs légères...

Il s'énerve, ferme le livre, le jette sur le divan, va vers la fenêtre, revient sur ses pas et, s'arrêtant brusquement, sort une pièce de monnaie de sa poche et la regarde anxieusement.

Face, elle viendra. Pile, elle ne viendra pas.

Il lance la pièce en l'air, se baisse pour la ramasser, la cherche vainement sur le tapis.

C'est gai! Bien ma veine! Où a-t-elle pu rouler?

Il se relève subitement et sonne. Une vieille bonne arrive. C'est une vieille bonne classique, mais avec de singulières lueurs dans les yeux, Gertrude.

GERTRUDE

Monsieur a sonné?

LE MAÎTRE DE MAISON

En voilà une question, Gertrude! Qui voulez-vous que ce soit?

GERTRUDE
(avec une voix pleine d'arrière-pensées)

Sait-on jamais, Monsieur, qui sonne ou qui ne sonne pas! Ainsi, Monsieur, les cloches, quand elles sonnent, c'est plus fort que moi, Monsieur, une force étrange me pousse. Et je vais leur ouvrir. Sait-on jamais, Monsieur, qui sonne ou qui ne sonne pas!

LE MAÎTRE DE MAISON

Je vous dispense, Gertrude, de vos histoires de cloches... J'ai fait tomber une pièce de monnaie, elle a dû rouler sous un meuble, cherchez-la!

GERTRUDE

Bien, Monsieur!
Elle se met à quatre pattes.

LE MAÎTRE DE MAISON

Quand vous aurez trouvé cette pièce, n'y touchez pas surtout!

GERTRUDE

Bien, Monsieur!

LE MAÎTRE DE MAISON

N'y touchez pas! Regardez-la bien. Si c'est face, courez à la cuisine, débouchez une bouteille de porto, allumez le petit radiateur dans la chambre, glissez sous le lit mes babouches roses...

GERTRUDE
(l'interrompant)

Et si c'est pile?

LE MAÎTRE DE MAISON
(le nez collé à la fenêtre)

Si c'est pile... (Il s'énerve.) Si c'est pile... (Il tire machinalement le rideau qui tombe.) Tenez, Gertrude, arrangez plutôt le rideau qui est tombé.

GERTRUDE
(à quatre pattes, le visage tourné vers le public,
d'une voix d'idiote inspirée)

Mais le rideau n'est pas tombé. Je vois des gens dans la salle et puis des lumières, des lumières...

LE MAÎTRE DE MAISON

Il s'agit du rideau de la fenêtre, imbécile!

GERTRUDE

Imbécile! Une vieille servante! Le rideau, sait-on jamais de quel rideau il s'agit? (Elle se lève péniblement, et fort péniblement aussi monte sur une chaise et s'efforce de raccrocher le rideau tout en parlant « comme dans un rêve ».) C'est comme pour le plombier, pas comme les autres, ce plombier et tellement bien élevé, pour un plombier. Tout à l'heure, ensemble, nous parlions des cloches et ce qu'il en disait me fendait le cœur. (Soudain transportée d'allégresse.) On aurait dit ma jeunesse qui me carillonnait avec ardeur!

Mais elle perd soudain l'équilibre et tombe sur le tapis, brutalement enveloppée dans le délicat rideau de mousseline.

LE MAÎTRE DE MAISON
(se précipitant)

Oh! Vous vous êtes fait mal, Gertrude?

Il se baisse pour l'aider à se relever, mais la vieille bonne, toujours enveloppée de son rideau, saisit le maître de maison par le cou et l'embrasse sur la bouche.

GERTRUDE

Oh! Gaspard-Adolphe!

GASPARD-ADOLPHE

Oh! Gertrude, ma Gertrude!

GERTRUDE
(le berçant)

Dodo, l'enfant do... Qui c'est qui est là? C'est le petit Gaspard, le petit Dodo à sa Gertrude. (Pathétique.) Ah! Gaspard-Adolphe, mon Gaspard! Depuis trente ans que je suis au service de Monsieur, j'ai attendu ce jour heureux! Oh! mon Gaspard! quelle vie a été la mienne! Quand tu étais tout petit et que je te donnais le sein, je me disais : « Tu m'aimeras, Gaspard, tu m'aimeras! » Et puis, ça a été le calvaire. Toujours faire les lits, les défaire... pour les autres! (Elle pleure.) Pour les autres!... Et le temps qui passait, et mes pauvres seins qui tombaient!... Et tu m'aimais en silence, Gustave-Adolphe!

GASPARD-ADOLPHE

« Gaspard-Adolphe! »

GERTRUDE
(éclatant soudain d'un rire langoureux, égrillard)

Si tu veux, mon petit loup!... Regarde, j'ai ma robe de mariée. Maintenant, le brouillard d'autrefois s'est dissipé, une nouvelle vie va commencer!

Gertrude, de plus en plus hors d'elle, drapée dans son attendrissante et fort désuète robe de mariée, primesautière comme à vingt ans, prend Gaspard-Adolphe dans ses bras. On ne sait pas si elle le berce ou si elle essaie simplement de le faire danser. Gaspard-Adolphe, lui non plus, ne sait pas très bien où il en est.

GASPARD-ADOLPHE
(sublime et ravagé)

C'est insensé, j'aime ma nourrice, presque ma mère!
Sonnerie.

GASPARD-ADOLPHE

On a sonné, Gertrude!

GERTRUDE
(enlevant à regret son voile de mariée)

Bien, Monsieur. Je vais ouvrir.

GASPARD-ADOLPHE
(rectifiant sa cravate et le pli de son pantalon)

Si c'était elle!

GERTRUDE
(revenant, la voix grave et ulcérée)

Une demoiselle qui n'a pas voulu dire son nom!

Elle esquisse un furtif signe de croix et s'efface devant une jeune fille très pâle vêtue d'un superbe manteau de fourrure.

GASPARD-ADOLPHE

Vous, Jacqueline !

JACQUELINE

Vous ne m'attendiez pas ?

GASPARD-ADOLPHE

Si.

JACQUELINE

Alors ?

GASPARD-ADOLPHE

Évidemment, alors. (Grand geste évasif.) Alors ?

JACQUELINE
(très jeune fille du monde, habituée à s'exprimer admirablement même dans
les circonstances les plus critiques)

Vous êtes étrange, mon ami, vous m'avez maintes fois
suppliée de venir, un beau jour j'ai promis, aujourd'hui
je tiens ma promesse et vous semblez surpris, tellement surpris.

GASPARD-ADOLPHE

Ce n'est pas la surprise, Jacqueline, c'est la joie qui
me... qui me...

JACQUELINE

Qui vous... ?

GASPARD-ADOLPHE

Qui me... qui me laisse sans voix. (Grand geste lyrique.)
Votre présence tant attendue... vous voir là, avec moi et

174

moi avec vous et nous deux ensemble. Enfin, c'est merveilleux ! Enfin, vous êtes venue !

JACQUELINE
(le regard vaporeux mais la voix légèrement nuancée d'amertume,
le tout très distingué)

Je suis venue parce que je me suis juré de vous appartenir...

GASPARD-ADOLPHE
(transporté)

Jacqueline !

JACQUELINE

... Juré de vous appartenir et qu'une Desgameslay doit toujours tenir sa parole.

GASPARD-ADOLPHE

Je suis un galant homme.

Ils ont évolué en échangeant leurs répliques et Jacqueline se trouve maintenant le dos au public, avec Gaspard-Adolphe en face d'elle, à un mètre de distance environ.

JACQUELINE

Je suis venue comme je vous l'avais promis l'autre soir sur la terrasse... Regardez-moi, Gaspard-Adolphe ! Je suis nue sous mon manteau !

Elle entrouvre ce manteau.

GASPARD-ADOLPHE
(balbutiant)

Je vous en prie, Jacqueline, restez couverte. Non, je voulais dire, retirez votre manteau... Il fait une telle

175

chaleur... Oh! je ne sais plus ce que je dis!... Je vous aime, Jacqueline. Je vous aime!

Il se précipite sur la jeune fille et la prend dans ses bras. A cet instant, Gertrude, sublime de sacrifice, apparaît dans l'embrasure de la porte et fait des signes. Elle tient dans chaque main une bouteille de porto et les agite pour attirer l'attention de Gaspard-Adolphe. Il l'aperçoit enfin.

GERTRUDE
(à voix basse, en agitant les bouteilles)

Porto rouge ou porto blanc?

GASPARD-ADOLPHE

Ah! servante au grand cœur! Rouge le porto! Rouge! Je vous l'ai déjà dit cent fois! Imbécile!...
(Gertrude se retire en faisant plusieurs signes de croix. Jacqueline éclate en sanglots.)

... Ne pleurez pas, Jacqueline, je vous aime!

JACQUELINE
(murmurant comme dans un rêve)

Ah! J'aurais dû ne pas venir, et pourtant je suis venue. Je ne pouvais pas ne pas venir, et c'est terrible d'être venue! Ah! Gaspard-Adolphe, si vous saviez vraiment pourquoi je suis venue!

Pendant ce petit dialogue, Gertrude est venue apporter un plateau avec le porto et des verres et s'est retirée comme une somnambule.

GASPARD-ADOLPHE
(se versant coup sur coup plusieurs verres)

Vous êtes venue parce que vous m'aimez, Jacqueline!
(Il l'entraîne vers la fenêtre. L'alcool le rendant lyrique, son bagage littéraire lui remonte à la tête.) ... et que je vous aime! Ah! Jacqueline, quelle grande chose que l'amour! Regardez par cette

fenêtre, regardez les autres, tous les autres qui passent dans cette rue, regardez-les aller et venir, ils sortent de leurs bureaux, de leurs usines, pauvre troupeau de malheureux sans âme et sans amour! Ah! Jacqueline, nous ne sommes pas comme les autres et nous... nous... et nous... (Il bafouille) et...

  Nous aurons des lits, de légères odeurs,
  de profonds divans pleins de profondeurs...

Nous aurons... nous aurons... de belles amours, de grandes orgues... O mon bijou, mon caillou, mon chou, mon genou, mon hibou! (Il essaie de lui arracher son manteau.) Enlève ton manteau!

JACQUELINE
(levant les bras au ciel)

Ah! c'est effroyable! effroyable!

GASPARD-ADOLPHE
(bredouillant)

Mais je suis un galant homme!

JACQUELINE

Il s'agit bien de cela! (Elle s'approche de lui.) Écoutez-moi, Gaspard-Adolphe, je ne suis venue ici que pour échapper à un danger plus grand encore. Écoutez-moi bien, Gaspard-Adolphe. (Un temps.) J'aime mon père, voilà la vérité!

GASPARD-ADOLPHE

Eh bien, mais c'est la moindre des choses.

JACQUELINE

La moindre des choses! (S'agitant sans paraître « réaliser » qu'elle est fort dévêtue.) Il ne comprend rien! Il ne voit pas ma pâleur, mes mains qui tremblent, mon cœur qui bat comme une horloge! (Elle secoue Gaspard par les épaules.) J'aime mon père! Oui, j'aime mon père, le lieutenant-colonel Desgameslay... mais je l'aime d'amour! (Défaillante.) Et d'un coupable amour!

Elle va s'évanouir. Gaspard-Adolphe se précipite et ouvre la fenêtre, ce qui provoque un courant d'air. La porte de droite s'ouvre toute grande, laissant voir Gertrude accroupie dans la position du curieux écoutant aux portes en regardant par le trou de la serrure. Elle se relève alors, s'approche et prend Jacqueline dans ses bras.

GERTRUDE
(maternelle)

·Oh! comme je vous comprends, pauvre petite! Ainsi, moi, tenez, ça fait plus de trente ans que...

Sonnerie.

GASPARD-ADOLPHE

On a sonné, Gertrude!

GERTRUDE

Si Monsieur voulait bien tenir la petite demoiselle, j'irais ouvrir... (Gaspard-Adolphe prend Jacqueline dans ses bras. Gertrude pince le menton de Gaspard-Adolphe, égrillarde.) Ah! Petit brigand!... (Elle rit stupidement et s'enfuit vers la porte en répétant.) Sait-on jamais qui sonne ou qui ne sonne pas.

GASPARD-ADOLPHE
(secouant Jacqueline)

Réveillez-vous, Jacqueline! Réveillez-vous!

GERTRUDE
(revient et annonce d'une voix grave)

Le lieutenant-colonel Desgameslay.

JACQUELINE
(se réveille en sursaut, se dégage et se drapant dans son manteau, tourne sur
elle-même en hurlant)

Ciel ! Mon père !

GASPARD-ADOLPHE
(affolé)

Ciel ! Votre père ! Ciel ! Son père !

GERTRUDE

Notre Père qui êtes aux cieux !

JACQUELINE
(secouant Gertrude)

Mais sauvez-moi ! Cachez-moi ! Vieille idiote !

GERTRUDE
(se relevant entraîne Jacqueline vers une porte et l'enferme)

Ah ! l'odieuse ! l'ingrate ! Après tout ce que je viens de
faire pour elle. Ah ! dévouez-vous pour les gens ! Sacri-
fiez-vous¹ . La vicieuse, la mauvaise, pourrie de mauvais rêves !

GASPARD-ADOLPHE
(avec une tremblante dignité)

Introduisez le visiteur, Gertrude !

GERTRUDE
(se calmant sur-le-champ)

Bien, Monsieur.

Elle sort et bientôt introduit le visiteur. Il est en civil, fort élégant, et sans doute en retraite.

Un zouave, légèrement efféminé, l'accompagne.

LE LIEUTENANT-COLONEL
(au zouave, avec une voix très douce)

Assieds-toi, Claudinet !

GASPARD-ADOLPHE
(de plus en plus affolé)

Je vous jure sur l'honneur que mademoiselle Jacqueline...

LE LIEUTENANT-COLONEL
(sans l'entendre et avec une grande autorité)

Je suis bien chez Maître Gaspard-Adolphe Bâtonnet, avocat à la Cour ?

GASPARD-ADOLPHE
(de plus en plus affolé, rectifie la position et claque même discrètement des talons)

Oui, mon Colonel !

LE LIEUTENANT-COLONEL
(catégorique)

Bon ! (Jetant un regard bref et circulaire.) Sommes-nous bien seuls ?

GASPARD-ADOLPHE

Oui, mon Colonel.

LE LIEUTENANT-COLONEL

Bon ! (Pesant ses mots.) Ce que j'ai à vous dire...

GASPARD-ADOLPHE

Mon Colonel, je vous affirme sur l'honneur que je suis prêt à vous donner ma parole que...

LE LIEUTENANT-COLONEL
(toujours sans l'entendre et même sans l'écouter)

Ce que j'ai à vous dire... (baissant la voix) ou plutôt à vous confier, est tout à fait extrêmement je ne dirais pas gênant, mais enfin... oui enfin... plutôt tout à fait extrêmement délicat.

GASPARD-ADOLPHE
(ahuri mais déjà un peu rassuré)

Je vous écoute, mon Colonel.

LE LIEUTENANT-COLONEL

Eh bien, voilà : je n'y vais pas par quatre chemins, moi, je suis un vieux militaire. J'appelle un chat un chat. Je prends le taureau par les cornes. Je fonce dans le tas. S'il y a un obstacle à renverser, je le renverse, moi je suis un vieux militaire... Trêve d'avocasseries, de paperasseries, de détours ! Je n'y vais pas par quatre chemins : quand j'ai quelque chose à dire, je le dis, moi ! Je ne mâche pas mes mots, je mets le doigt sur la plaie, je débride. On ne m'empêchera pas de parler : on me couperait plutôt la jambe. Je rentre au cœur du sujet sans hésitations, sans craintes. A d'autres les complications, les subtilités, les biais, le camouflage. Je regarde l'ennemi en face, moi, vous comprenez ?

GASPARD-ADOLPHE

Mais parfaitement, mon Colonel, parfaitement. Toutefois, il me semble que, pour l'affaire qui vous amène de plus amples détails seraient...

Le zouave ramasse une fleur et la contemple avec ravissement.

LE LIEUTENANT-COLONEL

C'est juste. Mais vous savez, moi, quand j'ai quelque chose à dire... (Il baisse la voix.) Sommes-nous bien seuls?

GASPARD-ADOLPHE

Nous le sommes!

LE LIEUTENANT-COLONEL

Alors, voilà! Vous n'êtes pas sans savoir, maître Bâtonnet, que le métier militaire n'est pas toujours drôle et que si on n'avait pas, de temps en temps, de petites compensations... Enfin, si je suis un vieux soldat, je n'en suis pas moins un vieux Parisien... J'ai comme tout le monde mes petites manies, mes petits travers, mes petits vices. (Il ricane.) Tz! Tz! Tz! On n'est pas de bois, que diable! Vous saisissez?... (Gaspard-Adolphe hoche la tête et le lieutenant-colonel continue.) ... Et, sacré nom de Dieu! c'est l'honneur de l'armée tout entière qui est en jeu, il faut se défendre... (Baissant la voix.) Enfin, bref... on nous a surpris, Claudinet et moi...

Le zouave baisse pudiquement les yeux et laisse tomber sa fleur.

GASPARD-ADOLPHE

Permettez, mon Colonel? Claudinet, c'est le zouave?

LE LIEUTENANT-COLONEL

Ce n'est pas un zouave. Il n'a que dix-huit ans. C'est mon neveu. (En confidence.) A la mode de Bretagne.

GASPARD-ADOLPHE

Excusez-moi, je croyais... le costume.

LE LIEUTENANT-COLONEL

Vous êtes tout excusé, maître Bâtonnet. J'habille Claudinet en zouave : c'est si crâne, si pimpant... la chéchia, le pantalon bouffant... (Lyrique.) Ah ! Je suis un vieux Parisien, doublé d'un vieux colonial et le panache, moi !

GASPARD-ADOLPHE

Vous disiez tout à l'heure qu'on vous avait surpris. Où vous a-t-on surpris, mon Colonel ? Et qui vous a surpris ?

LE LIEUTENANT-COLONEL
(d'une voix basse et méprisante)

Dans une... derrière le Jardin des Plantes... une rafle...

GASPARD-ADOLPHE

Évidemment, cela peut paraître fort délicat, mais je ne doute pas, Colonel, qu'il nous sera facile, et fort rapidement, de minimiser les dégâts. Où irions-nous, et surtout à notre époque, si les honnêtes gens qui s'amusent étaient, pour un rien, malencontreusement inquiétés.

LE LIEUTENANT-COLONEL
(claquant chaleureusement des talons)

Maître, vous m'en voyez ravi et, sans le moindre doute (prenant à témoin Claudinet qui tient à la main et respire une rose avec indifférence) c'est la bonne étoile qui nous a tous deux conduits ici.

Vous comprendrez, Maître : si je me suis adressé à vous, c'est que je ne voulais absolument pas faire intervenir, en ma faveur, aucune relation personnelle aussi haut placée qu'elle puisse être.

A cet instant, Jacqueline, toujours très sobrement et très uniquement vêtue de son manteau de fourrure, fait irruption dans la pièce. Elle est superbe de douloureuse stupéfaction.

Claudinet, stupéfait, lui aussi, se lève, et le lieutenant-colonel reste figé, littéralement désarçonné.

JACQUELINE

J'ai tout entendu, mon père, quelle honte ! Ainsi l'indifférence, la froideur que vous me témoigniez, c'était à Claudinet que je les devais ! J'aurais dû m'en douter, avec ces histoires de petit déjeuner à deux dans le même lit !... Ah ! quelle aveugle j'étais ! (s'avançant vers son père, elle le désigne dramatiquement du doigt.) Vous avez préféré un faux zouave à votre véritable fille, vous n'êtes plus mon père, sortez, je vous chasse !

CLAUDINET

Oh ! Mauvaise fille !

Gertrude, qui s'était tenue à l'écart, s'avance doucement derrière Jacqueline et, avec un bon sourire, entrouvre, le plus possible, son manteau.

GERTRUDE

Mademoiselle devrait retirer son manteau, il fait une telle chaleur!

LE LIEUTENANT-COLONEL

Ma fille! toute nue, chez un petit avocat de rien du tout!

CLAUDINET
(trépignant)

Sale garce! Sale grue!

GASPARD-ADOLPHE

Mon Colonel, je vous jure sur l'honneur que c'est un malentendu!

GERTRUDE
(avec mansuétude)

Monsieur a raison, un tout petit malentendu.

Le lieutenant-colonel, sans les entendre, jette un long regard sur Jacqueline, comme s'il venait, à l'instant, de la « découvrir ».

LE LIEUTENANT-COLONEL
(troublé et fasciné)

Mais où avais-je les yeux, comme elle est belle, ma fille, belle et surprenante! (Claquant alertement des doigts.) Et un petit je ne sais quoi avec cela! (Rêveur et la dessinant dans l'espace.) Ah, je l'imagine, oui je l'imagine avec un dolman de hussard... et simplement des bottes, oui des petites bottes vernies, des bas noirs (claquant les talons) et des éperons!

CLAUDINET
(jaloux et navré)

Voyons, grand oncle, voyons !

LE LIEUTENANT-COLONEL

Voyons ! (Il hausse les épaules.) Comment voyons ! Mais justement je viens de la voir et pour la première fois dans son intégrité. (A sa fille.) Ah, moi aussi, Jacqueline, quel aveugle j'étais !

JACQUELINE
(très émue)

Non, tu n'étais pas aveugle, mais comment pouvais-tu me voir, maman se mettait toujours entre nous deux.

LE LIEUTENANT-COLONEL

Hélas ! (Il s'affale sur le divan et se parle à lui-même, avec une grande pitié.) Que de temps perdu (désignant Claudinet) pour des fu-ti-li-tés. Ah, je n'en serais pas là, avec une bien fâcheuse histoire sur les bras. Hélas ! il est trop tard, le destin a parlé.

JACQUELINE

Père, il n'est jamais trop tard pour s'aimer !

GERTRUDE
(la prenant affectueusement par le cou)

Voilà qui est bien vrai. (Désignant tendrement Gaspard-Adolphe.) Monsieur aussi a mis bien longtemps à s'apercevoir qu'il m'aimait (sonnerie), si longtemps, si long-temps...

Elle sanglote cependant que la sonnerie persiste.

GASPARD-ADOLPHE

On a sonné, Gertrude, et avec insistance.

GERTRUDE
(la voix lourde de sanglots)

Bien, Monsieur, j'y vais. (Elle sort en sanglotant.) Sait-on jamais qui sonne...

GASPARD-ADOLPHE

Je vous dispense, Gertrude, de vos histoires de cloches.

Long silence.

Tous se regardent sans rien dire.

JACQUELINE
(pour dire quelque chose)

Tiens, un ange passe.

GASPARD-ADOLPHE
(magnanime)

Laissons-le passer. (En aparté) Ça nous fera toujours gagner un peu de temps.

GERTRUDE
(reparaissant, ravagée, mais résignée)

Une dame, qui elle non plus... (désignant Jacqueline d'un doigt furtivement vengeur)... et sans doute pour les mêmes raisons, n'a pas voulu dire son nom.

JACQUELINE
(à Gaspard-Adolphe, d'un ton pincé)

Très joli, très délicat, je vous remercie.

GASPARD-ADOLPHE

Voyons, vous n'allez tout de même pas imaginer!...
(A Gertrude.) Quel genre de femme?

GERTRUDE

Entre deux âges, comment savoir lequel? Et la distinction même. (Profond soupir.) Ah, Monsieur les choisit
bien. (L'œil brillant.) Et folle d'impatience et dans tous ses
états. Elle ne tient pas en place, elle piaffe! Petit
coquin! Oh! j'en suis sûre, si Monsieur ne la reçoit pas
immédiatement, elle forcera la porte, même fermée à
clef.

GASPARD-ADOLPHE
(à nouveau inquiet)

Allez lui dire, Gertrude, que... que... enfin que je suis
à elle dans un instant.

GERTRUDE

A elle... et il s'en vante. Ah! Gertrude! pauvre de moi!
(Éclatant.) Et c'est une journaliste avec ça!

GASPARD-ADOLPHE

Comment?

GERTRUDE

Elle parle sans cesse de son journal... et, à ce sujet,
elle a demandé si le colonel était encore là.

LE LIEUTENANT-COLONEL
(hurlant)

Une journaliste! Tu entends, Claudinet? (sans laisser à
l'autre le temps de répondre.) Mais c'est la fin de tout, le

déshonneur, le scandale, la calomnie! (Anéanti.) Que faire, mon Dieu, que faire?

Gaspard-Adolphe, comme un berger sentant venir l'orage, rassemble son troupeau, rassemble ses trois visiteurs et les pousse dans une autre pièce.

GASPARD-ADOLPHE

Passez par ici! Je vais arranger les choses.

A l'instant où il referme la porte, il se trouve en présence du plombier, sifflant discrètement et allègrement le même petit air.

LE PLOMBIER
(toujours aussi béat, ailleurs et « dans un autre monde »)

Je venais, Monsieur, vous rendre compte de ma mission. (Soudain illuminé.) Dieu soit loué! L'évier est entièrement débouché et c'est vraiment merveille de le voir fonctionner.

GASPARD-ADOLPHE
(excédé)

Oh! vous, je vous en prie!

LE PLOMBIER
(les yeux au ciel)

Ce n'est pas moi qu'il faut prier.

GERTRUDE
(qui s'était esquivée)

Cette dame s'impatiente, Monsieur.

LE PLOMBIER
(confus)

Il ne faut jamais laisser une dame s'impatienter. (Entrouvrant une porte) Je passe à la salle de bains. (Souriant, avec un geste large) La baignoire, la grande... (Puis, baissant la main, plus près du sol) et la petite. Humbles besognes, peut-être, mais en même temps grandes missions à remplir.

Et, comme il se retire, il se cogne contre une dame qui, véritablement folle d'impatience, n'a pu attendre qu'on l'ait priée d'entrer et pénètre « en trombe » dans la pièce.

Le choc est rapide mais violent. La dame, qui est d'une hautaine et indéniable distinction, se dirige résolument vers Gaspard-Adolphe sans prêter la moindre attention au modeste travailleur qui de loin s'excuse et, reprenant péniblement ses esprits, disparaît.

LA DAME
(péremptoire)

Maître Bâtonnet?

GASPARD-ADOLPHE
(s'inclinant)

C'est moi-même, Madame.

LA DAME
(pâle et angoissée)

Qu'a-t-il à me reprocher?

GASPARD-ADOLPHE
(interdit)

Mais, Madame... A qui ai-je l'honneur de parler?

LA DAME
(très douloureusement digne)

Toute question mérite réponse, maître Bâtonnet. (Baissant la voix.) Vous avez, hélas, l'honneur de parler à la Colonelle.

GASPARD-ADOLPHE
(soudain inquiet)

La Colonelle?

190

LA DAME
(douloureusement ulcérée)

Je suis Mathilde Desgameslay ! (Hochant tristement la tête.) Hélas ! vous auriez dû vous en douter. Il sort d'ici, n'est-ce pas ?

GASPARD-ADOLPHE
(embarrassé)

Ça, on ne peut pas dire !

MATHILDE

Évidemment, le secret professionnel. (Elle s'écroule sur le divan et se tord les mains fébrilement.) Oh ! Je suis sûre qu'il avait lu le journal.

GASPARD-ADOLPHE
(ahuri)

Le journal ?

MATHILDE

Oh ! Je vous en supplie, ne feignez pas d'ignorer. Et il demande le divorce ! Le divorce ! Pour quoi d'autre serait-il venu ici ? Quand je l'ai entendu s'enquérir de votre adresse, j'ai tout pressenti, tout deviné, car il était fébrilement inquiet, douloureusement et en tous sens remué ! (Comme elle se tait un instant, Gaspard-Adolphe aperçoit soudain Gertrude, de plus en plus sublime de sacrifice, qui lui présente de loin et discrètement le porto rouge et le porto blanc. D'un geste bref, Gaspard-Adolphe interrompt les signaux. Gertrude se retire, cependant que la Colonelle, toujours effondrée sur le divan, laisse aller sa morne plainte, son obsessionnelle confidence, élevant et baissant la voix, suivant les circonstances.) Sans aucun doute, il a lu mon journal, oui, mon

191

journal intime où secrètement j'avais couché et caressé sur le papier tous mes secrets. (Se dressant, soudain menaçante.) Osez me dire, maître Bâtonnet, qu'il ne le lisait pas, jour après jour, derrière mon dos.

GASPARD-ADOLPHE
(avec une grande simplicité)

Madame, je puis, sans être indiscret, vous donner ma parole que votre mari n'est pas venu ici pour cet album.

MATHILDE

Merci, Maître. Vous m'enlevez un grand poids de la conscience. (Et soudain sautillante, virevoltante et dégagée.) Mon journal est en place. Rien n'a été fracturé. Est-ce ma faute, à moi, si j'ai perdu la clef? (Soudain méfiante.) Pour quelle raison, alors, vous aurait-il rendu visite?

GASPARD-ADOLPHE

Il passait par là. Il est entré en ami.

MATHILDE

En ami?

GASPARD-ADOLPHE

Enfin, en ami de sa famille. Oui, sa fille et moi, nous avons des relations communes, mais rassurez-vous, fort distinguées.

MATHILDE
(d'une voix sifflante)

Ma fille!

GASPARD-ADOLPHE
(s'excusant)

J'aurais dû dire « votre fille ».

MATHILDE
(avec une grande amertume)

Hé oui, c'est vrai, j'ai « aussi » une fille, une petite folle... (hochant la tête avec un mauvais sourire) une folle petite fille ! (Puis brusquement.) Donnez-moi votre parole que vous ne venez pas de me mentir !

GASPARD-ADOLPHE

Loin de moi, Madame, l'idée d'un semblable manège.

MATHILDE

Vous me rassurez. Mais le colonel est si étrange depuis quelques années. (Aprement rêveuse.) L'amour, il faut bien le dire, ne l'a jamais, hélas, beaucoup importuné. C'est un homme de devoir. L'amitié, seule, lui importe. L'amitié virile, la camaraderie des camps, la mort frôlée ensemble, les dangers partagés. (Un soupir.) Ah ! Ce n'est pas toujours drôle d'épouser un héros ! (Soudain elle prend le vase de fleurs, le jette brutalement sur le tapis.) Oh ! Quelque chose me dit qu'il est venu pour le divorce et même, si vous dites vrai, c'est qu'il n'a pas osé vous en parler. Et, pour ne rien vous cacher, je peux vous dire qu'il a crié, une nuit, son désir, en rêvant. (Tournant sur elle-même.) J'étais là, inquiète, je le croyais malade, j'écoutais à la porte... Nous faisons chambre à part, vous comprenez !

GASPARD-ADOLPHE

Si je comprends !

On entend, d'abord confusément, le plombier qui, d'une pièce voisine, siffle de plus en plus fort, son petit air alerte et entraînant.

MATHILDE
(hors d'elle)

Divorcée ! Quelle horreur ! Moi qui rêvais tout bonne-ment d'être veuve, avec un fils unique ! (Soudain hurlante et désemparée.) Mon unique fils et que j'aimais !

GASPARD-ADOLPHE
(compatissant)

Croyez bien, Madame... Il est décédé ?

MATHILDE

Même pas, il m'a abandonnée.

GASPARD-ADOLPHE

Ah !!!

MATHILDE

Ah ! Oui, vous pouvez le dire ! C'est à déraisonner ! Et l'on se demande parfois ce qu'on a fait au Bon Dieu... Car, savez-vous pour qui il m'a abandonnée... pour Dieu lui-même !

GASPARD-ADOLPHE
(très compréhensif)

Il est entré dans les ordres ?

MATHILDE

Oui... et ne m'a jamais donné signe de vie. (Hochant la tête.) Sans aucun doute il avait lu le journal... le journal de ma vie où j'avouais, et sans aucune honte, avec tous les détails (à voix basse) et même quelques dessins, le grand amour fatal que j'éprouvais pour lui!

GASPARD-ADOLPHE

Oh! Madame!

MATHILDE

Oh! Cela, vous pouvez le dire! (Soudain saisie d'une intense nostalgie.) Un être tellement attachant, mais aussi tellement, je ne dirais pas sauvage, non, mais taciturne, oui, inquiet, fébrile, secret. (La voix de plus en plus lointaine et égarée.) Adolescent, la solitude était son unique plaisir.

GASPARD-ADOLPHE
(hochant la tête)

Curieux, très curieux!

MATHILDE

Non, pas curieux pour un sou. Sauf de lui-même et se posant sans cesse de lancinants problèmes. (Profond soupir.) Éprouvant pour les siens une grande indifférence mais pas égoïste pour un sou, non (Sourire douloureux) simplement amoureux...

GASPARD-ADOLPHE

Amoureux?

MATHILDE

Oui, de lui-même!

GASPARD-ADOLPHE

Ce n'est rien, à cet âge, une petite crise de narcis-
sisme.

MATHILDE
(élevant la voix)

Vous appelez ça une petite crise, eh bien, vous n'êtes
pas difficile, maître Bâtonnet ! (Lourds sanglots refrénés.) Un
soir, je l'ai surpris, seul devant un miroir. Il « effeuil-
lait la marguerite » un peu, beaucoup, passionnément,
pas du tout... Et jaloux avec ça ! Pour un rien, il se
faisait des scènes terribles et même, c'est à ne pas y
croire, parfois il s'envoyait des lettres anonymes ! Et il
fallait le voir, anxieux, à la fenêtre, attendant le facteur...

Pénible silence, pendant lequel on entend, s'enhardissant, la voix du
plombier, qui se laisse aller maintenant à chanter les paroles de l'air alerte et
entraînant que jusqu'alors il s'était contenté de siffler.

VOIX DU PLOMBIER

Quel beau jour, quel touchant spectacle !
Tressaillons d'amour, de bonheur !
Jésus sort de son tabernacle
Et s'avance en triomphateur...

MATHILDE
(hurlant, la main sur le cœur)

Ah !
La voix se tait.

GASPARD-ADOLPHE

Qu'avez-vous, Madame ?

196

MATHILDE
(caressant d'une main légère son front)

Trois fois rien, Maître, un léger malaise et, comme dans un rêve (grand geste las) il m'avait semblé entendre... (Long et triste soupir.) Jeanne aussi entendait des voix... (Soudain radieuse.) Mais quelles voix! (Avec une immense amertume.) Tandis que moi, simplement, misérablement, une seule voix, la voix de la mauvaise conscience, la mienne! (Élevant la voix dont elle parle.) Ah! je suis maudite!

GASPARD-ADOLPHE
(très ennuyé)

Voyons, Madame! A quoi bon pousser les choses au noir?

MATHILDE

Au noir! Ah! Maître, si vous portiez ici votre robe comme vous la portez au Palais, je vous parlerais comme à un confesseur. (Fébrilement délirante.) Oui... un confesseur... mon confesseur... et je lui hurlerais entre ses quatre planches, dans sa petite guérite de vigilance, ma faute et ma douleur! (S'approchant de Gaspard-Adolphe.) Et vous écouteriez Mathilde Desgameslay qui vous dirait... (soupir prolongé) même si je l'ai seulement rêvé et désiré... (soudain tonitruante et déchaînée) oui, moi qui vous parle, moi, Mathilde Desgameslay, j'ai tout de même commis le plus horrible, le plus épouvantable, le plus inavouable des adultères.

Une porte s'ouvre.

Flanqué de sa fille Jacqueline et de son « neveu », le zouave Claudinet, apparaît, sublime de stupeur et de légitime indignation, le lieutenant-colonel Desgameslay.

LE LIEUTENANT-COLONEL
(profondément blessé mais profondément figé, drapé, solide et droit dans toute sa dignité)

Oh! Mathilde, le plus inavouable des adultères! (Hochant douloureusement la tête.) Et vous le criez sur les toits!

MATHILDE
(saisie d'une intense stupeur)

Vous étiez là, Armand!

CLAUDINET
(l'œil noir)

Oui, Armand était là.

JACQUELINE
(très simple)

Et j'étais près de lui.

MATHILDE
(humiliée et ulcérée)

Ainsi, vous étiez là, Armand, caché, dissimulé! (Désignant Gaspard-Adolphe d'un doigt tremblant et méprisant.) Et ce misérable me laissait, me faisait parler et vous laissait m'épier. Oh! vous m'avez attirée dans un piège.

LE LIEUTENANT-COLONEL
(rouge de rage et pâle de honte, alternativement)

Je veux savoir son nom, Mathilde! Et sur-le-champ!

MATHILDE
(surprise)

Son nom?

LE LIEUTENANT-COLONEL
(pesant de plus en plus ses mots dans la balance de la plus simple des
justices)

J'ai le droit de savoir le nom de l'homme avec qui tu as commis (baissant la voix) l'épouvantable adultère.

MATHILDE
(avec une lueur d'espoir)

Armand... tu n'as pas lu le journal?

LE LIEUTENANT-COLONEL
(éclatant)

Le journal! Quelle honte! C'est déjà dans le journal! Et avec une photo, sans doute! Oh! Un pareil scandale! (La menaçant de deux mains frémissantes.) Je ne sais pas ce qui me retient!...

JACQUELINE

Papa!

CLAUDINET
(l'arrêtant d'un geste)

Mais laissez-le, voyons, laissez-le!

LE LIEUTENANT-COLONEL
(poursuivant)

... Ce qui me retient de... Quand ça ne serait que pour l'exemple! (Puis, soudain magnanime, d'un très simple geste mais fort évocateur, se menaçant maintenant lui-même.) Ce qui me retient de me donner la mort!

JACQUELINE
(courant vers lui)

Oh! papa! Mon amour de papa.

199

CLAUDINET
(affolé, lui aussi)

Ne faites pas ça, grand oncle! Ne vous tuez pas vous-même!

GASPARD-ADOLPHE
(intervenant à son tour)

Voyons, Colonel, un homme de votre valeur...

MATHILDE

... et d'une telle grandeur d'âme...

GASPARD-ADOLPHE
(poursuivant)

... ne saurait envisager une pareille décision.

LE LIEUTENANT-COLONEL
(un peu las)

Évidemment, ce n'est pas mon métier. (Très abattu.) Mais que faire, mon Dieu, que faire? Un tel scandale! Vraiment, je ne sais plus à quel saint me vouer.

Très long silence pendant lequel on entend distinctement le petit air sifflé par le plombier; puis bientôt la voix qui sifflait recommence à chanter.

Survient alors le plombier, ravi, illuminé et les yeux beaucoup trop au ciel pour prêter la moindre attention à son entourage immédiat.

LE PLOMBIER
(en extase)

Dieu soit loué!... Tout est réparé! (Grand geste large.) La baignoire, la grande (petit geste, presque à ras du sol) et la petite!

Mathilde, comme quelqu'un qui vient d'être réellement changé en statue de sel, pousse un cri terrible, secouant soudain sa pétrification.

200

MATHILDE

André-Paul !

LE PLOMBIER
(se relevant et la découvrant)

Maman !

LE LIEUTENANT-COLONEL

Mon fils !

JACQUELINE

Mon frère !

CLAUDINET
(au lieutenant-colonel)

Votre fils, grand oncle !

MATHILDE
(le désignant à sa fille)

Ton frère !

GERTRUDE
(surgissant, l'œil brillant)

Mon frère à moi aussi, puisque tout à l'heure il m'a
appelée sa sœur.

LE PLOMBIER
(d'abord stupéfait puis radieux)

Ma famille ! Mes parents ! Mon foyer !

LE LIEUTENANT-COLONEL
(l'œil sévèrement surpris)

Mais je te croyais prêtre, André-Paul ?

LE PLOMBIER

Je le suis toujours, mais je suis aussi ouvrier.
(Modeste.) L'ouvrier de la onzième heure.

GASPARD-ADOLPHE
(regardant l'heure à son poignet)

Et il est exact.

Onze heures sonnent dans un profond silence. Mathilde profite de ce
profond silence pour le rompre à voix basse, tremblante et chuchotante.

MATHILDE

André-Paul, réponds-moi! As-tu lu le journal?

LE PLOMBIER
(l'innocence même)

Mère, je ne lis jamais les journaux. (Sortant un livre de sa
poche.) Je ne lis que mon bréviaire (sortant un autre livre de sa
poche) et le manuel du parfait plombier.

MATHILDE
(aux anges)

Dieu soit loué!

LE PLOMBIER

Oui. Dieu soit loué, remercions la divine Providence
de nous avoir — et par miracle — tous réunis. (Le plombier
les rassemble et ils restent là, médusés, serrés les uns contre les autres,
cependant qu'il les entoure de son affectueuse allégresse.) Je ne vous
quitte plus. Je ne vous lâche plus. Et vous pouvez fêter
le retour de l'enfant prodigue. (On entend une musique, discrète
d'abord, presque inaudible puis peu à peu cette musique s'intensifiant, on
retrouve la musique même du petit air sifflé par le plombier. Celui-ci, élevant
la voix, s'adresse particulièrement à son père.)

Pardonnez-moi, j'appartenais à une famille exemplaire et en face d'elle j'avais honte de moi-même. Alors, je l'ai quittée pour être, à ma manière et dans la mesure de mes faibles moyens, exemplaire moi aussi. (Lyrique.) Alors, j'ai cherché la promiscuité des petites gens, des déshérités et je me suis jeté, la tête la première, dans les profonds abîmes de la vulgarité... D'abord, je dois avouer que j'ai couru de grands dangers...

LE LIEUTENANT-COLONEL
(claquant des talons)

De grands dangers! Bravo! Parfait!

LE PLOMBIER
(poursuivant)

Oui, dans la zone, sur les quais, en cherchant du travail, j'ai failli perdre la foi.

MATHILDE
(très émue)

Oh! André-Paul!

LE PLOMBIER

Rassure-toi, mère. Je travaille maintenant chez les particuliers. Mon patron est modeste et mon salaire aussi. Et puis, de vous retrouver ici, quel exemple, quelle leçon! C'est si rare, de nos jours, une famille bien unie. (Puis, surpris, remarquant Claudinet.) Mais quel est ce jeune homme qui ne fait pas, que je sache, partie de la famille? (A Jacqueline, avec un bon sourire.) Ton fiancé, peut-être?

JACQUELINE
(amère)

A la mode de Bretagne !

LE PLOMBIER
(mettant affectueusement sa main sur l'épaule de Claudinet)

Comme vous avez l'air triste ! Oui, triste et inquiet.
(Désignant le costume d'un doigt délicat.) Le métier, peut-être, le
métier militaire ? Vous aussi, peut-être, vous doutez ?
Croyez-moi, vous devriez, vous devriez vous faire
zouave ouvrier.

D'abord discrètes bien qu'insistantes, les cloches, dans le lointain, se font
entendre, et Gertrude réapparaît, à nouveau drapée dans son « voile » de
mariée. Un sourire extatique aux lèvres, elle agite frénétiquement deux
bouteilles.

GERTRUDE
(délirante)

Porto rouge et porto blanc, à quoi bon hésiter, à quoi
bon lésiner ! (A Gaspard-Adolphe.) Quelque chose me disait
que quelque chose allait se passer... (puis se tournant vers le
plombier) et tout de suite j'ai deviné que vous étiez tout
autre chose qu'un vulgaire plombier.

Ah, mariez-nous, l'Abbé, mariez-nous ! Tous ici
autant que nous sommes, mariez-nous les uns les
autres ! Mais mariez-nous d'abord nous deux, Gaspard-
Adolphe ! (Folle de joie.) Il y a si longtemps, si longtemps
que j'attendais qu'on m'appelle madame Bâtonnet, Gertrude Bâtonnet !...

Les cloches alors, à toute volée, mêlent leur splendeur de bronze à la
musique alerte, entraînante, triomphante et édifiante.

GASPARD-ADOLPHE
(pour dire quelque chose)

On a sonné, Gertrude, on sonne

GERTRUDE
(de plus en plus ravie)

Mais ce sont les cloches qui sonnert!

GASPARD-ADOLPHE
(dépassé par les événements mais avec un grand geste généreux et fastueux)

Justement, Gertrude, allez leur ouvrir!

GERTRUDE

Bien, Monsieur, j'y vais.

Elle sort après avoir confié ses bouteilles de porto à Gaspard-Adolphe, qui reste là, les bouteilles dans ses mains, égaré.

GASPARD-ADOLPHE
(cependant que le rideau tombe)

Sait-on jamais qui sonne ou qui ne sonne pas!

IN MEMORIAM

Il est interdit de faire de la musique plus de vingt-
   quatre heures par jour
ça finira par me faire du tort
Hier au soir un Hindou amnésique
a mis tous mes souvenirs dans une grosse boule en or
et la boule a roulé au fond d'un corridor
et puis dans l'escalier elle a dégringolé
renversant un monsieur
devant la loge de la concierge
un monsieur qui voulait dire son nom en rentrant
Et la boule lui a jeté tous mes souvenirs à la tête
et il a dit mon nom à la place du sien
et maintenant
me voilà bien tranquille pour un bon petit bout de
   temps
Il a tout pris pour lui
je ne me souviens de rien
et il est parti sangloter sur la tombe de mon grand-père
   paternel
le judicieux éleveur de sauterelles

l'homme qui ne valait pas grand-chose mais qui n'avait
    peur de rien
et qui portait des bretelles mauves
Sa femme l'appelait grand vaurien
ou grand saurien peut-être
oui c'est cela je crois bien grand saurien
ou autre chose
est-ce que je sais
est-ce que je me souviens
Tout ça futilités fonds de tiroirs miettes et gravats de
    ma mémoire
Je ne connais plus le fin mot de l'histoire

Et la mémoire
comment est-elle faite la mémoire
de quoi a-t-elle l'air
de quoi aura-t-elle l'air plus tard
la mémoire
Peut-être qu'elle était verte pour les souvenirs de
    vacances
peut-être que c'est devenu maintenant un grand panier
    d'osier sanglant
avec un petit monde assassiné dedans
et une étiquette avec le mot Haut
avec le mot Bas
et puis le mot Fragile en grosses lettres rouges
ou bleues
ou mauves
pourquoi pas mauves
enfin grises et roses
puisque j'ai le choix maintenant.

DÉFINIR L'HUMOUR

(Réponse à une enquête)

Louable entreprise
définir tout est là
et le reste avec
Il faut savoir à quoi s'en tenir
Et il est grand temps que les entrepreneurs de défini-
    tions mettent l'humour au pied du mur c'est-à-dire
    à sa place là où on remet le maçon
Depuis trop longtemps on prenait trop souvent l'hu-
    mour à la légère il s'agit maintenant de le prendre
    à la lourde
Alors messieurs définissez-le expliquez-le cataloguez-
    le contingentez-le prouvez-le par l'œuf disséquez-
    le encensez-le recensez-le engagez-le rempilez-le
    encagez-le dans la marine encadrez-le hiérarchi-
    sez-le arraisonnez-le béatifiez-le polissez-le sans
    cesse et repolissez-le
    Enfin attrapez-le sans oublier de mettre votre grain
    de sel s'il en a une sur sa queue
    Et quand vous en aurez fini avec lui dé-fi-ni-ti-ve-
    ment c'est-à-dire prouvé didactiquement dialecti-

quement casuistiquement ostensiblement et naturellement poétiquement

qu'il est nénarrable solite décis pondérable proviste
commensurable tempestif déniable et trépide

et qu'il a son rôle historique à jouer dans l'histoire

mais qu'il doit cesser de prêter à rire pour donner à
penser

Et de même que de remarquables érudits spécialistes
ont prouvé que le marquis de Sade n'était que le
modeste précurseur des chrétiens progressistes et
votre Seigneur Jésus-Christ le premier des socia-
listes n'oubliez pas de démontrer ostensiblement
que Jésus-Christ était surtout

un enfant de l'humour

Et grâce à cette consécration officielle la conscience
universelle encore une fois pour quelques-unes si
ce n'est pas pour toutes sera tranquille comme
saint Jean-Baptiste

Et cette conscience redeviendra encore pour un temps
science des cons et la civilisation redeviendra
militarisation et la révolution vérolution nationale

Et vous pourrez tourner les manivelles des grandes
orgues des très hauts lieux où souffle l'esprit
critique

Et décanter les cantiques des cantiques

Quel beau jour quel touchant spectacle
Tressaillons d'humour de bonheur
Jésus sort de son tabernacle
Et s'avance en triomphateur

Humour Humour Humour à Jésus
Humour Humour Humour à Jésus

Variante

Tout ça ne vaut pas l'humour
la belle humour

Sans oublier dans vos entonnoirs l'humour platonique
l'humour sacré de la patrie et l'humour de l'art
Et que l'on entende encore longtemps le cri du chœur
des fouilleurs de tiroirs

Pour l'humour de Dieu
Ne plaisantez pas avec l'humour
L'humour c'est sérieux!

P.S. Et comme je vous le disais dans ma dernière
lettre que selon la formule consacrée vous n'avez pas
reçue parce que je ne l'ai pas envoyée et que je n'ai pas
envoyée parce que je ne l'ai pas écrite

Pour ce qui est de mon pedigree permettez-moi
d'avancer masqué comme en pareille occasion il sied et
d'emprunter les feuilles de vigne roses du Petit
Larousse illustré pour vous confier ceci sous le sceau
du secret professionnel de ma vie privée

*Modus vivendi ab ovo ad majorem Dei gloriam cogito ergo sum
coram populo cum grano salis* comme je vous le disais plus
haut *credo quia absurdum de audito de plano in extremis in
extenso honoris causa in abstracto* et bien à vous *in aeternum.*

AU FEU ET À L'EAU!

Ils ont crié A l'eau
comme Au feu ou Au fou

L'eau gagnant du terrain
sous son oreiller d'herbes
le cachait dans son lit
tout comme un chien un os
le planque dans son trou
Ils ont crié A l'eau
comme Au voleur on crie

C'est alors qu'arrivèrent
les Grands Bouilleurs de Crue

Descendant de voiture ils incendièrent la ville
et l'eau à toute vapeur disparut dans le ciel
Et la voiture s'en fut avec comme à une bouée
un noyé accroché à sa roue de secours
et dans sa malle arrière un coffre plein d'argent
tout l'argent de la ville
sans aucun survivant.

TANT DE FORÊTS...

Tant de forêts arrachées à la terre
et massacrées
achevées
rotativées

Tant de forêts sacrifiées pour la pâte à papier
des milliards de journaux attirant annuellement l'at-
    tention des lecteurs sur les dangers du déboise-
    ment des bois et des forêts.

INTEMPÉRIES
(Féerie)

Petits couteaux de gel et de sel
petits tambours de grêle petits tambours d'argent
douce tempête de neige merveilleux mauvais temps

Un grand ramoneur noir
emporté par le vent
tombe dans l'eau de vaisselle du baquet d'un couvent
Enfin quelqu'un de propre
à qui je puis parler
dit l'eau de vaisselle
Mais au lieu de parler voilà qu'elle sanglote
et le ramoneur fait comme elle
Homme compatissant tu comprends ma douleur dit
    l'eau
Mais en réalité ce n'est pas à cause d'elle que le
    ramoneur sanglote
mais à cause de sa marmotte elle aussi enlevée par le
    vent du nord

et dans un sens diamétralement opposé à celui du
    pauvre ramoneur
emporté par le vent du sud comme un pauvre sujet de
    pendule dépareillé par un déménageur qui met la
    bergère dans une boîte à savons et le berger dans
    une boîte à biscuits sans se soucier le moins du
    monde s'ils sont des parents des amis
ou d'inséparables amants

Petits couteaux de gel et de sel
petits tambours de grêle petits sifflets de glace petites
    trompettes d'argent
douce tempête de neige merveilleux mauvais temps

Tu ne peux pas t'imaginer
dit l'eau de vaisselle au ramoneur
Ici c'est tout rempli de filles de triste vie
qui ruminent toute cette vie une haineuse mort
et avec ça toujours à table
Ah mauvais coups du mauvais sort
Et ça s'appelle ma mère et ça s'appelle ma sœur
et ça n'arrête pas de mettre le couvert
et c'est toujours de mauvaise humeur
O mauvais sang et mauvais os
eau grasse chez les ogresses
voilà mon lot...

Elle dormait tout l'hiver
elle souriait au printemps
et je ne vous mens pas

on aurait dit vraiment
qu'elle éclatait de rire quand arrivait l'été
La plus belle la plus étonnante et la plus charmante
    marmotte de la terre et de tous les temps
et le premier qui me dit le contraire...
Et puis sans elle qu'est-ce que je vais foutre maintenant

J'aurais préféré geler de froid
dans la cruche cassée d'une prison
et même grelotter de fièvre dans la gorge du prison-
    nier
dit l'eau de vaisselle
qui n'a prêté aucune attention aux confidences du
    ramoneur
J'aurais mieux aimé faire tourner les moulins
j'aurais mieux aimé me lever de bonne heure le
    dimanche matin
et dans les grands bains douches asperger les enfants
Et j'aurais tant aimé laver de jeunes corps amoureux
dans les maisons de rendez-vous de la rue des Petits-
    Champs
J'aurais tant aimé me marier avec le vin rouge
j'aurais tant aimé me marier avec le vin blanc
j'aurais tant aimé...

Mais le ramoneur l'interrompt
sans même se rendre compte que c'est là faire preuve
    d'un manque total d'éducation
Or ça ne vaut plus la peine de respirer pour vivre
autant crever la gueule ouverte

215

comme le chien qu'on empoisonne
avec un vieux morceau d'éponge grillée
Quand je pense que je la réveillais au milieu de l'hiver
pour lui raconter mes rêves
et qu'elle m'écoutait les yeux grands ouverts
absolument comme une personne
Et maintenant où est-elle je vous le demande
ma petite clé des songes
Peut-être avec un rémouleur un cocher de fiacre ou
    bien un vitrier
Ou bien qu'elle est tombée du ciel comme ça sans crier
    gare chez des gens affamés à jeun mal élevés et
    puis qu'ils l'ont fait cuire sur un réchaud à gaz et
    qu'ils l'ont tuée sans même lui dire au revoir
qu'ils l'ont mangée sans même savoir qui c'est
Et dire qu'on appelle ça le monde qu'on appelle ça la
    société
Oh je voudrais être les quatre fers du cheval
dans la gueule du cocher
ou dans le dos du rémouleur
son dernier couteau affûté
et morceau de verre brisé dans l'œil du vitrier
Et il aura bonne mine avec son œil de verre
pour faire sa tournée
le vitrier
Et à tous ça leur fera les pieds
ils avaient qu'à pas la toucher
Maintenant je suis foutu le sel est renversé
mon petit monde heureux a cessé de tourner
Sans elle je suis plus seul
que trente-six veuves de guerre

216

plus désolé qu'un rat tout neuf
dans une sale vieille ratière rouillée

Petits couteaux du rêve petits violons du sang
Petites trompettes de glace petits ciseaux du vent
Radieuse tourmente de neige magnifique mauvais
    temps

Et avec cela
comme si Dieu lui-même en bon directeur du Théâtre
    de la Nature avait décidé débonnairement d'offrir à
    ses fidèles abonnés une attraction supplémentaire
    et de qualité voilà qu'un corbillard de première
    avec tous ses pompons arrive à toutes pompes
    funèbres et franchit la grille du couvent le cocher
    sur le siège les chevaux harnachés le mors
    d'argent aux dents
Mais toute réflexion faite
aucun miracle de la sorte
simplement la mère supérieure qui est morte
Et voilà toutes les sœurs sur le seuil de la porte en
    grande tenue de cimetière et en rangs d'oignons
    pour pleurer et la famille qui s'avance à son tour
    dans ses plus beaux atours crêpés
avec un certain nombre de personnalités et puis les
    petites gens la domesticité avec les chrysanthèmes
    les croix de porcelaine et les couronnes perlées
Et l'évêque à son tour sous le porche apparaît soutenu
    par un lieutenant de garde mobile avec un long
    profil de mouton arriéré et une si énorme croupe
    qu'on le dirait à cheval alors qu'il est à pied

Et l'évêque ne pleure qu'une seule larme mais d'une
telle qualité que l'on comprend alors qu'en créant
la vallée des larmes Dieu qui n'est point une bête
savait ce qu'il faisait mais en même temps qu'il
verse cette larme unique le très digne prélat tout
en donnant le ton à l'affliction générale contemple
à la dérobée d'un voluptueux regard de chèvre
humide la croupe mouvementée de son garde du
corps sanglé dans sa tunique et il avance innocemment une main frémissante avec le geste machinal
et familier qu'on a pour chasser la poussière du
vêtement de quelqu'un qu'on connaît

Ouais

dit à voix très basse comme on fait à la messe une dame
patronnesse à une autre lui parlant comme on
parle à confesse

La poussière a bon dos surtout qu'il pleut comme
mérinos qui pisse un vrai scandale je vous dis et de
la pire espèce et comme toute question mérite une
réponse si vous voulez savoir ce qui se passe je
vous dis qu'ils en pincent et je vous dis comme je le
pense ils ont de mauvaises mœurs c'est des effé-
minés des équivoques des hors nature des Henri
III des statues de sel des sodomes et des zigomars
un vrai petit ménage de cape et d'épée et même
qu'ils font les statues équestres dans le grand
salon de l'évêché sans seulement se donner la
peine de fermer la fenêtre l'été et dans le costume
d'Adam complètement s'il vous plaît sauf le beau
lieutenant qui garde ses éperons et c'est pas par
pudeur mais pour corser le califourchon et l'autre

l'appelle mon petit Lucifer à cheval mais lui l'évêque dans la maison tout le monde l'appelle Monsei-
gneur Canasson

Quelle misère dit l'eau de vaisselle
Si belle tellement belle
répond le ramoneur
et quelquefois en rêve je me croyais heureux
Mais le singe du malheur s'est accroupi sur mon
    épaule
et il m'a planté dans le cœur la manivelle du souvenir
et je tourne ma ritournelle
la déchirante mélodie de l'ennui et de la douleur

Ça ne sert à rien dit l'eau de vaisselle
qui commence à en avoir assez
ça ne sert à rien ramoneur
de se faire du mal exprès
et puisque tu parles du malheur
regarde un peu ce que c'est
Regarde Ramoneur
si tu as encore des yeux pour voir au lieu de pour
    pleurer
Regarde de tous tes yeux Ramoneur des Cheminées
homme de sueur et de suie de rires et de lueurs
Regarde le malheur avec ses invités
Le Destin a tiré la sonnette d'alarme et chacun a quitté
    le train-train de la vie ordinaire pour aller tous en
    chœur rendre visite à la Mort
Regarde la famille en pleurs avec son long visage de
    parapluie retourné

Regarde le capucin avec ses pieds terribles et l'admira-
     ble parent pauvre en demi-loques fier comme un
     paon poussant dans son horrible voiturette l'ar-
     rière-grand-père en miettes et la tête en breloque
Regarde l'Héréditaire avec tous ses pieds bots
Regarde l'Héritière avec ses lécheurs de museau
Regarde le Salutaire avec tous ses grands coups de
     chapeau
Regarde Ramoneur
homme de tout et de rien
et vois la grande douleur de ces hommes de bien
Regarde l'Inspecteur avec le Receleur regarde le Don-
     neur avec le Receveur regarde le Surineur avec sa
     croix d'Honneur regarde le Lésineur avec sa lessi-
     veuse regarde la Blanchisseuse avec ses Salis-
     seurs le Professeur de Vive la France et le Grand
     Fronceur de sourcils le Sauveur d'apparences et le
     Gardeur de Sérieux
Regarde le Féticheur le Confesseur le Marchand de
     Douleurs le Grand Directeur d'inconscience le
     Grand Vivisecteur de Dieu
Regarde le Géniteur avec sa Séquestrée et la Demi-
     portion avecque sa Moitié et le Grand Cul-de-jatte
     de Chasse vingt et une fois palmé et l'Ancienne
     Sous-Maîtresse du grand 7 avec son fils à Stanislas
     sa fille à Bouffémont et son édredon en vison et sa
     pauvre petite bonne en cloque de son vieux maque-
     reau en mou de veau
Regarde Ramoneur
debout dans la gadoue tout près du Procureur
l'Équarrisseur

Regarde comme il caresse du doux coup d'œil du
     connaisseur
le plus gras des chevaux de la voiture à morts
Et s'il hoche la tête avec attendrissement c'est parce
     qu'en lui-même
il pense tout bonnement
Si la bête par bonheur tout à l'heure en glissant se
     cassait gentiment une bonne patte du devant j'en
     connais un qui n'attendrait pas longtemps pour
     enlever l'affaire illico sur-le-champ
Et soupirant d'aise il s'imagine la chose s'accomplis-
     sant d'elle-même
le plus simplement du monde
la bête qui glisse qui bute qui culbute et qui tombe et lui
     au téléphone sans perdre une minute et son
     camion qu'arrive en trombe et la bête abattue sans
     perdre une seconde le palan qui la hisse le camion
     qui démarre en quatrième vitesse et le retour à la
     maison les compliments de l'entourage et puis la
     belle ouvrage l'ébouillantage le fignolage et puis-
     que tout est cuit passons au dépeçage proprement
     dit
Mais le Procureur l'entendant soupirer lui frappe sur
     l'épaule
pour le réconforter croyant qu'il a la mort dans l'âme à
     cause des fins dernières de l'homme
Allons voyons ne vous laissez pas abattre
Tout le monde y passe un jour ou l'autre mon bon ami
     qu'est-ce que vous voulez c'est la vie
Et il ajoute parce que c'est sa phrase préférée en
     pareille occasion

Mais il faut bien reconnaître qu'hélas

c'est le plus souvent les mauvais qui restent et les bons
   qui s'en vont

Il n'y a pas de mauvais restes

répond l'Équarrisseur

quand la bête est bonne tout est bon

et idem pour la carne et pour la bête à cornes

Mais reconnaissant dans l'assistance une personne de
   la plus haute importance il se précipite pour les
   condoléances

Regarde Ramoneur

dit l'eau de vaisselle

cette personne importante

avec sa gabardine de deuil et sa boutonnière en ruban

c'est un homme supérieur

Il s'appelle Monsieur Bran

Un homme supérieur indéniablement et qui a de qui
   tenir puisque petit-neveu de la défunte Mère Supérieure née Scaferlati et sœur cadette de feu le
   lieutenant-colonel Alexis Scaferlati Supérieur également du couvent de Saint-Sauveur-les-Hurlu par
   Berlue Haute-Loire-Supérieure et nettoyeur de
   tranchées à ses derniers moments perdus pendant
   la grande conflagration de quatorze dix-huit bon
   vivant avec ça pas bigot pour un sou se mettant en
   quatre pour ses hommes et coupé hélas en deux en
   dix-sept par un obus de soixante-quinze au mois de
   novembre le onze funeste erreur de balistique juste
   un an avant l'armistice

Et un homme qui s'est fait lui-même gros bagage
   universitaire ce qui ne gâte rien un novateur un

homme qui voit de l'avant et qui va loin et naturellement comme tous les novateurs jalousé et envié
critiqué attaqué diffamé et la proie d'odieuses
manœuvres politiques bassement démagogiques
ses détracteurs l'accusant notamment d'avoir réalisé une fortune scandaleuse avec ses bétonneuses
pendant l'occupation mais sorti la tête haute blanc
comme neige du jugement

Ayant lui-même présenté sa défense avec une telle
hauteur de pensée jointe à une telle élévation de
sentiment qu'une interminable ovation en salua la
péroraison

... Messieurs déjà avant la guerre j'étais dans le sucre
dans les aciers dans les pétroles les cuirs et peaux et
laines et cotons mais également et surtout j'étais
dans le béton et la guerre déclarée j'ai fait comme
Mac-Mahon la brèche étant ouverte messieurs j'y
suis resté et à ceux qui ont le triste courage de ramasser aujourd'hui les pierres de la calomnie sur le
chantier dévasté de notre sol national et héréditaire à peine cicatrisé des blessures de cette guerre
affreuse et nécessaire pour oser les jeter avec une
aigre frénésie contre le mur inattaquable de ma vie
privée j'oppose paraphrasant si j'ose dire un
homme au-dessus de tout éloge un vrai symbole
vivant j'ai nommé avec le plus grand respect et
entre parenthèses le général de Brabalant j'oppose
disais-je un mépris de bétonnière et de tôle ondulée
mais pour ceux qui comprennent parce qu'ils sont
les héritiers d'une culture millénaire et non pas les
ilotes d'une idéologie machinatoire et simiesque

autant qu'utilitaire je me contenterai d'évoquer ici également respectueusement la présence historique et symbolique d'un homme qui fut comme moi toute proportion nonobstant gardée attaqué vilipendé dénigré bassement lui aussi en son temps

Je veux parler de Monsieur Thiers et rappeler très simplement les très simples paroles prononcées par ce grand homme d'État alors qu'il posait lui-même en personne et en soixante et onze la première pierre du Mur des Fédérés

Paris ne se détruit pas en huit jours quand le Bâtiment va tout va et quand il ne va pas il faut le faire aller

Voilà mon crime Messieurs quand aux heures sombres de la défaite beaucoup d'entre nous et parmi les meilleurs car je n'incrimine personne se laissaient envahir par les fallacieuses lames de fond de l'invasion et de l'adversité j'ai compris du fond du cœur que le Bâtiment était en danger alors Fluctuat messieurs et Nec mergitur j'ai pris la barre en main et je l'ai fait aller et j'ajouterai pour répondre à mes dénigrateurs qu'on ne bâtit pas un mur avec des préjugés surtout au bord de l'Atlantique face à face avec les éléments déchaînés...

Porté en triomphe sur-le-champ radiodiffusé aux flambeaux monté en exemple et montré en épingle aux actualités nommé par la suite grand Bétonnier du bord de la mer honoraire et développant chaque jour le vaste réseau de ses prodigieuses activités balnéaires industrielles synthétiques et fiduciaires il est aujourd'hui à la tête du Bran Trust qui porte son nom et qui groupe dans le monde entier

toutes les entreprises de Merde Préfabriquée destinée à remplacer dans le plus bref délai les ersatz de
poussière de sciure de simili contreplaqué et les
culs et tessons de bouteille pilés entrant jusqu'a-
lors avec les poudres de raclures de guano façon
maïs dévitalisé et les viscères de chien contin-
gentés et désodorisés dans la composition des
Phospharines d'après-guerre employées rationnel-
lement dans la fabrication du Pain

Et regarde Ramoneur de mon cœur comme cet homme
n'est pas fier et surtout c'est quelqu'un qui entre
déjà tout vivant dans l'Histoire grâce à son impé-
rissable slogan

Bon comme le Bon Pain Bran

Vois comme il ne dédaigne pas de mettre lui-même la
main à la pâte et comme il profite de la circons-
tance pour s'assurer de nouveaux débouchés
parmi les nombreuses familles et personnalités
venues aux funérailles de la femme au grand cœur
morte en odeur de sainteté glissant avec une discrète insistance des petits sachets d'échantillon de
Bran sélectionné dans la main moite de la Condo-
léance venue pour le condoléer

Et chaque sachet est enveloppé dans une feuille volante
et ronéotypée reproduisant les principaux pas-
sages de sa fameuse allocution au grand Congrès
International du Bran Trust chez Dupont de
Nemours dans la grande salle du fond là où le
grand Dupont accoudé sans façon à son comptoir
d'acier reçoit son aimable et fidèle clientèle avec
une inlassable générosité.

Un canon c'est ma tournée
une Tournée générale une grande Tournée mondiale
encore un canon pour un général
encore un canon pour un amiral
encore un canon pour la Société...
Mais le ramoneur de tout cela s'en fout éperdument
Il est arrivé là au beau milieu de cet enterrement
comme un cheveu de folle sur la soupe d'un mourant

Petits tambours de grêle petits sifflets d'argent
petites épines de glace de la Rose des Vents

Et bientôt le voilà errant dans la Ville Lumière et
        dirigeant ses pas vers la Porte des Lilas
Elle est peut-être derrière cette porte au nom si joli
        celle qu'il appelait Printemps de l'Hiver de ma vie
Rue de la Roquette
Là où il y un square collé au mur d'une prison et fusillé
        chaque jour par la mélancolie
Une fillette le regarde passer
et lui sourit

Les ramoneurs portent bonheur
toute petite on me l'a dit

Trop ébloui pour dire merci
la fleur de ce sourire il l'emporte avec lui
et longeant une rue longeant elle aussi la prison il lève
        machinalement la tête pour connaître son nom
Cette rue s'appelle la rue Merlin
et comme ce nom ne lui dit rien

il ne répond rien à ce nom

Et c'est pourtant celui de l'enchanteur Merlin qui
donna son nom à la Merline ce petit orgue portatif
qui serinait jadis aux merles par trop rustiques les
plus difficultueux accords du délicat système
métrique de la musique académique

et qui généreusement plus tard fit gracieusement don
aux tueurs des abattoirs du Merlin son marteau
magique

Et comme le ramoneur poursuit son chemin avec entre
les lèvres la fleur de la jeunesse couleur de cri du
cœur il ne peut voir derrière lui l'ombre de
l'enchanteur qui pas à pas le suit ulcérée et déçue
de n'avoir réveillé aucun souvenir notoire glorieux ou exaltant dans l'ingrate mémoire de ce
passant indifférent

En sourdine la Merline de l'ombre a l'air de jouer un
petit air de soleil et de fête

Le ramoneur ralentit le pas

Ingénument il croit que c'est la fillette de la Petite-
Roquette qui court après lui et qui lui pose doucement sur l'oreille sur son oreille tout endeuillée de
chagrin et de suie

les cerises du printemps

signe d'espoir tout neuf

signe de gai oubli

Mais l'ombre de l'enchanteur rompant le charme enfantin file un grand coup de merlin sur la tête du
passant frappé à l'endroit même où sa peine
d'amour s'endormait en rêvant comme un chagrin
d'enfant s'enfuit en chantonnant

Le chagrin d'enfant se réveille hurlant et trépignant
    écrasant dans la tête du rêveur les dernières
    braises heureuses du furtif feu de joie
La Merline se tait
les merles rasant les murs disparaissent avec l'ombre
et tout rentre dans l'ordre
dans l'ordre de la rue
l'ordre noir et obtus
Au loin la blême clameur d'un clairon
porte plainte et porte stupeur
son maigre cri de rouille cuivrée
arrache un cri au ramoneur
la Porte des Lilas se referme avec fracas lui écrasant
    un peu les doigts
Derrière des guérites et des grilles il est debout et
    immobile
un adjudant de casernement fait l'appel de ses emmer-
    dements
A chaque coup de clairon
à chaque emmerdement
il doit répondre Présent
Et le chien de garde de la réalité
dépouille son identité
lui demande les papiers sacrés
Son permis de dormir de rêver de veiller et de se
    coucher sans dîner d'aller et revenir d'espérer et
    d'errer d'aimer et de sourire de se taire et parler
ses papiers militaires religieux et civils et ses papiers-
    monnaie
ses moyens d'infortune
sa quittance de souffrances

228

son acte de naissance

son permis d'inhumer

son laissez-pisser contre les murs et son permis de
conduire même s'il n'a pas de voiture

Le ramoneur bafouille parle de sa marmotte dit que
c'est rien de dire comme elle était jolie

Et pas plus tard qu'hier elle était dans mes bras

Va voir à la Fourrière

lui dit l'homme des lois

Le ramoneur y va

Il se retrouve au pied d'un mur de poil dressé de sang
séché au pied d'une muraille de chiens et chats
perdus abandonnés raflés et entassés

asphyxiés

au pied d'un catafalque de fourrure disparate où les
navrantes petites pattes d'un caniche tondu en
mouton ont l'air de tenir au ventre d'un grand
chien loup couleur de feu à tendre tête d'angora
bleu

Et le gardien du bestiaire de la mort d'un sourire las et
débonnaire éconduit le visiteur

Pas de bêtes de ce genre par ici et ça depuis des années
que j'y suis

laissez tout de même votre adresse si la chose se trouve
on vous écrira

mais sachez bien que tout comme celle des autres
bêtes la divagation des marmottes est absolument
interdite sur la voie publique

Divagation des bêtes

divagation des hommes

des saisons et des femmes

de la lune et du temps
des fous et des savants
des marées et du vent
murmure le ramoneur divaguant lui aussi
Noir petit globule rouge des artères de Paris
divaguant de l'Institut médico-légal à l'hôpital Mar-
mottan
divaguant du Jardin des Plantes devant les cages de la
fauverie au donjon du Zoo de Vincennes où de
pauvres petits singes obscènes donnent au public
du dimanche des leçons d'histoire naturelle
divaguant vers La Villette attiré par la triste voix des
moutons
Il rejoint le canal de l'Ourcq où les roues noires du
Pont de Crimée tournant au-dessus des eaux figées
la loterie de la Destinée
et leur plainte ancienne et cariée fait trop souvent
grincer les dents aux heureux gagnants du
quartier
Divaguant divaguant divaguant
la faim la soif la fatigue lui coupent bras et jambes et le
reste
Il s'arrête au Château-Tremblant
Et de grands seigneurs du canal poudrés de ciment
frais coiffés de rouge ardent et de Véronèse charmant lui offrent en argot d'Italie le pauvre vin de la
périphérie
Il accepte
Et les trains qui passent sur leur tête jetant leur cri de
charbon blanc font valser sur le vieux comptoir la
bouteille des Mille et Une Nuits comme la houle et

le roulis font valser sur les grands transats le
champagne et le whisky
Le tire-bouchon frétille par terre tordu comme la queue
d'un cochon
Et le génie de la misère
de la bouteille des débardeurs saute dans le verre du
ramoneur laissant au fond du flacon les vieilles
hardes de la douleur

Petites trompettes de suie
petit corps de ballet du sommeil de minuit
petits lampions des îles dans la baie du souci
bistouris du plaisir sur la plaie du désir
petits chromos glacés de la Côte d'Azur

Le mal du pays en gondole
fait le beau sur le canal
La lune sur le mazout secoue son cornet à dés
Un mousquetaire entre au Château
désinvolte comme le Chat Botté
et vers les amis en signe d'amitié
lève sa baladeuse sa lampe d'Aladin
sa lampe d'égoutier
Et debout devant le comptoir il écoute le ramoneur
perdant le fil de sa propre histoire qui cherche
l'aiguille du souvenir dans le blé noir de sa
mémoire
Allez
dit l'égoutier
sur la vitre des pleurs le rideau est tiré

Demande le temps au baromètre
ne frappe pas chez l'horloger
autant demander au mouchard
l'heure du plaisir pour le routier
Sur notre pauvre cadran salaire
l'ombre du profit s'est vautrée
mais elle n'a pas les moyens de rêver
Le vrai bien-être n'a rien à voir
avec le somptueux mal-avoir
Et le Tout-Paris chaque soir
tire la chaîne sur le Tout-à-l'égout
Chaque nuit la chanson de chacun est jetée aux
    ordures de la chanson de tous
La baguette du chiffonnier dirige l'opéra du matin
et les gens du monde font encadrer
les bas-reliefs de leur festin
Nous autres économiquement faibles
notre joie c'est de dépenser
notre force c'est de partager
N'ajoute pas d'heures supplémentaires
au mauvais turbin du chagrin
Mets-lui au cou tes derniers sous
et noie-le dans le vin
Si tu n'as plus tes derniers sous
prends les miens
Le travail comme le vin
a besoin de se reposer
et quand le vin est reposé
il recommence à travailler
Et le vin du Château-Tremblant monte à la tête du
    rêveur et lui ramone les idées

Fastueux comme un touriste qui découvre la capitale il
    fait le tour de la salle
et poursuit son rêve comme on suit une femme
levant de temps en temps son verre à la santé de celle
    qu'il aime
et des amis de l'instant même
Et je vous invite à la noce
vous serez mes garçons d'honneur
nous aurons un petit marmot
et vous boirez à son bonheur

Laissez-le poursuivre sa complainte
dit l'égoutier aux débardeurs
laissons-le dévider son cocon
Sur la petite échelle de soie
qu'il déroule dans sa chanson
il s'évade de sa prison
La marotte du fou
c'est le spectre du roi
et sa marotte à lui
c'est celle de l'amour
le seul roi de la vie
Ma petite reine de cœur
ma petite sœur de lit

Le ramoneur parle de sa belle
chacun l'écoute tous sourient aucun ne rit de lui

Je suis son œillet
elle est ma boutonnière

Je suis son saisonnier
elle est ma saisonnière
Elle est ma cloche folle
et je suis son battant
Elle est mon piège roux
je suis son oiseau fou
Elle est mon cœur
je suis son sang mêlé
Je suis son arbre
elle est mon cœur gravé
Je suis son tenon
elle est ma mortaise
Je suis son âne
elle est mon chardon ardent
Elle est ma salamandre
je suis son feu de cheminée
Elle est ma chaleur d'hiver
je suis son glaçon dans son verre l'été
Je suis son ours
elle son anneau dans mon nez
Je suis le cheveu que les couturières cachaient autre-
    fois dans l'ourlet de la robe de mariée
pour se marier elles aussi dans l'année

Petits tambours de grêle petits violons du sang
petits cris de détresse petits sanglots du vent
petite pluie de caresses petits rires du printemps

Bientôt les bougies de la lune
sont soufflées par le vent du matin
c'est l'anniversaire du jour

L'eau de vaisselle s'en va vers la mer
le rêveur poursuit son rêve
l'amoureux poursuit son amour
et le ramoneur son chemin.

L'ENFANT DE MON VIVANT

Dans la plus fastueuse des misères
mon père ma mère
apprirent à vivre à cet enfant
à vivre comme on rêve et jusqu'à ce que mort s'ensuive
naturellement
Sa voix de rares pleurs et de rires fréquents
sa voix me parle encore
sa voix mourante et gaie
intacte et saccagée
Je ne puis le garder je ne puis le chasser
ce gentil revenant
Comment donner le coup de grâce
à ce camarade charmant
qui me regarde dans la glace
et de loin me fait des grimaces
pour me faire marrer
drôlement
et qui m'apprit à faire l'amour
maladroitement
éperdument

236

L'enfant de mon vivant
sa voix de pluie et de beau temps
chante toujours son chant lunaire ensoleillé
son chant vulgaire envié et méprisé
son chant terre à terre
étoilé

Non
je ne serai jamais leur homme
puisque leur homme est un roseau pensant
non jamais je ne deviendrai cette plante carnivore qui
   tue son dieu et le dévore et vous invite à déjeuner et
   puis si vous refusez vous accuse de manger du
   curé
Et j'écoute en souriant l'enfant de mon vivant
l'enfant heureux aimé
et je le vois danser
danser avec ma fille
avant de s'en aller
là où il doit aller.

TABLE

DU MÊME AUTEUR

LA FLEUR DE L'ÂGE — DRÔLE DE DRAME. *Scénarios.*

LE CRIME DE MONSIEUR LANGE — LES PORTES DE LA NUIT. *Scénarios* (repris en Folio, n° 3033).

ATTENTION AU FAKIR! *suivi de* TEXTES POUR LA SCÈNE ET L'ÉCRAN.

DÎNER DE TÊTES À PARIS-FRANCE. *Ouvrage conçu et réalisé par Massin.*

CORTÈGE. *Ouvrage conçu et réalisé par Massin.*

Bibliothèque de la Pléiade

ŒUVRES COMPLÈTES, I & II. *Édition de Danièle Gasiglia-Laster et Arnaud Laster.*

Enfantimages

LA PÊCHE À LA BALEINE. *Illustrations de Henri Galeron.*

GUIGNOL. *Illustrations d'Elsa Henriquez.*

PAGE D'ÉCRITURE. *Illustrations de Jacqueline Duhême.* Repris en Folio Benjamin, n° 115.

LE DROMADAIRE MÉCONTENT. *Illustrations d'Elsa Henriquez.* Repris en Folio Benjamin, n° 13, *illustrations de Francis Quiquerez.*

La Bibliothèque de Benjamin

5 HISTOIRES DE JACQUES PRÉVERT.

Folio Cadet

AU HASARD DES OISEAUX, ET AUTRES POÈMES. *Illustrations de Jacqueline Duhême, n° 276.*

CONTES POUR ENFANTS PAS SAGES. *Illustrations d'Elsa Henriquez, n° 181.*

COLLECTION FOLIO

Impression Bussière Camedan Imprimeries
à Saint-Amand (Cher),
le 23 août 2000.
Dépôt légal : août 2000.
1er dépôt légal dans la collection : mai 1972.
Numéro d'imprimeur : 003682/1.
ISBN 2-07-036090-3./Imprimé en France.

98006